主编 凌翔　　　　　当代著名作家美文自选集

细香

胡慧玲 著

民主与建设出版社
·北京·

© 民主与建设出版社，2019

图书在版编目 (CIP) 数据

细香 / 胡慧玲著 . —北京：民主与建设出版社，2019.12
ISBN 978-7-5139-2764-2

Ⅰ . ①细… Ⅱ . ①胡… Ⅲ . ①散文集—中国—当代 Ⅳ . ① I267

中国版本图书馆 CIP 数据核字（2019）第 248096 号

细香
XIXIANG

出 版 人	李声笑
著　　者	胡慧玲
责任编辑	周佩芳
封面设计	陈　姝
出版发行	民主与建设出版社有限责任公司
电　　话	（010）59417747　59419778
社　　址	北京市海淀区西三环中路 10 号望海楼 E 座 7 层
邮　　编	100142
印　　刷	唐山楠萍印务有限公司
版　　次	2020 年 1 月第 1 版
印　　次	2020 年 1 月第 1 次印刷
开　　本	710 毫米 × 1000 毫米　　1/16
印　　张	13
字　　数	200 千字
书　　号	ISBN 978-7-5139-2764-2
定　　价	49.80 元

注：如有印、装质量问题，请与出版社联系。

目 录

第一辑　草木葳蕤

芭蕉叶上秋风碧　002

茶记　005

车轴草　008

藿香蓟　011

空谷有佳人　014

秋之芒草　017

去山中看树　020

杉木树　023

稻香　026

洧河边上的一支芍药　029

献给节日的草　032

一株蓼草　035

油桐和梧桐　039

第二辑　归园田居

温暖的茶堂屋　044

酒趣　047

等雪　051

笛声　055

官舟是我一个人的　058

过河　062
看电影　066
天井故事　070
我们的田野　073
忆夏　077
多少回忆烟雨中　081

第三辑　风物优美

一席盛宴　086
遇见花瑶　089
嫁衣　093
醮粑　097
来自远古的余响　101
蜜饯　104
泡茶　108
三江油茶　112
沙溪唢呐　115
信物　120
笺香　123

第四辑　山水清音

穿岩山的木　128
龙门古镇的雨　131
苏醒的石头　135

桐花最晚今已繁　139
万山为佛　142
无处安放的多肉　146
一方素笺写渠水　150
长沙过贾谊宅　154
山林间　158

第五辑　生活百味

细香　162
熬亮寒冷的人　166
房子及其他　170
日常生活里的作家　174
失恋的女孩　176
失踪者　178
睡来谁共午瓯茶　182
听说雪要来　186
寻找诗意的世界　189
小城之夏　192
小街　195
一把韧草　198

后记　201

03

第一辑　草木葳蕤

芭蕉叶上秋风碧

小时候，对于芭蕉的认识仅限于用芭蕉叶包醮粑。对于房前屋后田边岸上随处可见的芭蕉树也熟视无睹。看《西游记》，里面有三借芭蕉扇的故事，发现吴承恩原来也是从芭蕉叶上得到的创作灵感。芭蕉那长长的、碧绿的叶片可不就像一把大扇子。

直到后来读书，爱上诗词，我才知道，它得到了那么多文人墨客的喜爱，才发现这平常的植物竟然有这样深厚的文化底蕴。

最喜欢宋代诗人杨万里的组诗作品《闲居初夏午睡起二绝句》："梅子留酸软齿牙，芭蕉分绿与窗纱。日长睡起无情思，闲看儿童捉柳花""松阴一架半弓苔，偶欲看书又懒开。戏掬清泉洒蕉叶，儿童误认雨声来"。这两首诗把作者初夏闲居午睡醒来的那种无聊、闲情，以及孩童的天真烂漫描写得极为生动有趣。其中芭蕉的身影给我留下深刻的印象：一是芭蕉初长，绿映纱窗的情景；二是诗人百无聊赖，坐在窗边，端来一盆凉水，掬水浇芭蕉叶的场景。水打芭蕉发出"吧嗒"声，惊动了正在玩耍的孩童。孩童抬头看天，还以为下起雨来了。杨万里见此状定是咧嘴笑了吧。想来杨万里是喜欢芭蕉的，在字数有限、言简意赅的绝句里，他愿意两次都选择芭蕉作为表情达意的意象。李清照在《添字丑奴儿》词写道："窗前谁种芭蕉树，阴满中庭"。从中可见，芭蕉常常被古人种植在庭院内、窗户旁，是不可或缺的造景植物。李渔说："蕉能韵人而免于俗。"这或许也是文人喜欢芭蕉的原因之一。

芭蕉往往和建筑和谐相处，某年去苏州留园，经过一个厅堂时，抬头望见前面空圆的月光门外伸过来两枝碧绿的芭蕉，布局、留白恰到好处，宛如一幅国画。顿时觉得夏天的阳光安静下来，光线里尽是清新的绿意，暑气顿消。

中国传统文化三大雅：竹、荷、芭蕉叶。芭蕉又占一席之地。"蕉者，草类也。叶青色最长，首尾稍尖，菊不落花，蕉不落叶。一叶生，一叶蕉，故谓之芭蕉。""潇洒绿衣长，满身无限凉"，芭蕉叶大成荫，表示德行高尚，庇护终生；又因果实紧挨着长在同一根圆茎上，有友爱团结之意；它又像菊一样傲骨凌霜，孤傲绝俗；因此深得人心。在元青花瓷器上，亦可见作边饰或纹饰的芭蕉叶纹；在气势雄浑的山水画里也可见芭蕉树潇洒出尘的灵动形象。

芭蕉也是文人墨客情感寄托之物。曹雪芹在《红楼梦》中写贾探春，不写探春喜欢什么花花草草，倒让她"我最喜芭蕉"，并给她一个"蕉下客"的名号。贾探春是一位秀外慧中、志趣高雅、有胆有识、大方开朗的女性，其言行举止无不飞扬着一股刚毅之气。她又与芭蕉的孤傲清高极为相似。也有"扶疏似树，质则非木，高舒垂荫"荫蔽众人的理想。奈何她"生于末世运偏消"。但这个像芭蕉一样生长过的女子，这个让曹雪芹由衷钦佩的人物，永远鲜活着、碧绿着，成为一个永恒的形象让人敬佩，让人叹息，让人思考。

芭蕉和梧桐一样，经常和雨联系在一起。可能是因为皆叶片阔大，雨打叶面，吧嗒作响，显得四周格外安静，徒添寂寞。当游子思妇在孤寂的夜晚听着这吧嗒的声响，定然长夜无眠，忧伤满怀。于是，芭蕉雨常常与孤独、忧愁联系在一起："碎声笼苦竹，冷翠落芭蕉""隔窗知夜雨，芭蕉先有声""怜渠点滴声，留得归乡梦"。那滴滴答答的芭蕉雨勾起了多少游子思妇的愁绪，实在是不解风情。

　　古人有在蕉叶题诗的雅事。芭蕉树粗犷如汉子，其叶却碧绿光滑如绸缎。在纸匮乏的年代，确实是书写的上好材料。"书上蕉叶文犹绿，吟到梅花句也香"，蕉叶题字，文章也染了一丝绿意，变得灵动了；"尽日高斋无一事，芭蕉叶上独题诗"，闲居异乡，思念亲人，借蕉叶题诗打发寂寞时光，一吐思乡之情；"日长偏与睡相宜，睡起芭蕉叶上自题诗"，夏日午睡醒来，百无聊赖，也来蕉叶题首诗。芭蕉给古人的生活增添了几多雅趣。

　　更有书法家怀素芭蕉练字的美谈。怀素在《自叙帖》里说："怀素家长沙，幼而事佛，经禅之暇，颇喜笔翰。"因为买不起纸张，就在寺院附近的一块荒地种植了一万多株芭蕉树。芭蕉长大后，他摘下芭蕉叶，铺在桌上，临帖挥毫。老芭蕉叶剥光了，小叶又舍不得摘，于是干脆带了笔墨站在芭蕉树前，在鲜叶上书写。勤勉使他终成一代书法大家，芭蕉叶功不可没。

　　入夏，芭蕉叶中抽出淡黄色的大型花，与含苞待放的荷极为相似。它静默地立着，再没有诗人来关注它。曾经在诗词里喧闹的它，如今寂寞地长在溪边、田边、菜园边。但无论喧嚣还是寂寞，与它有什么关系呢。秋风来了，它还依然保留着风神潇洒的姿态。连经过芭蕉叶上凄清的秋风竟然也有了碧绿的色泽，充满了生机。正所谓"芭蕉叶上秋风碧"，几多的豁达，几多的淡泊。

　　喧闹和寂寞的从来都是人，而不是芭蕉。

茶记

我坐在瑞春茶庄，品着他们今年制作的新茶。因渠水得天独厚的地理位置，加上春天气温较低，日照强度较弱，雨水充沛，茶树抽芽比别处早了一个月。春分未到，瑞春已经开始采摘第一道茶了。

春茶用越冬后萌发的芽茶采制而成。茶经过一冬的休眠和养分积累，有机物质充足，它的鲜爽度、饱满度和协调度都极高。又因绿茶产量低，数量少，往往春芽一上市就销售一空。这就是大家传说的明前茶。据说，一斤鲜茶叶有五万多片，采茶人得采五万多次。五斤鲜叶一斤茶，一斤制好的茶，有茶农二十五万次的采摘动作。一杯春茶的珍贵之处就在这些方面。因而爱茶人都掐着时间等待春日里最珍贵的那杯茶，不愿辜负这天赐的好茶。

采摘的芽茶叶质柔嫩，肥壮饱满，富有光泽。它们经过高温杀青、数次揉捻、干燥等工艺过程后，颜色变深，大多呈墨绿色。这样的春芽却能经受八十度左右的开水冲泡。泡出的茶汤嫩绿明亮，滋味鲜爽，散发出板栗香、花香。这也是茶让我惊讶又敬佩之处：在经历了那么多道工序地折腾后，最终还要用高温激发它蕴藏在体内的香味、滋味。这是许多人都无法企及的坚毅！

泡绿茶有讲究。第一泡，闻香洗杯，经水后的茶叶香气迅速飘出来。第二泡出来它还带着草木的生涩。茶倒进小巧的白色的瓷杯里，呈现出清新的黄绿色，宛如初春被装进杯中喝了下去。春天这个抽象的词语，因为茶，有了色泽，有了质地，有了香气，有了回味。绿茶清汤，茶叶遇水重生了般，慢慢落在杯底；盖碗的上方蒙着一层白色的水汽。这让人想起清晨雾气弥漫的茶园：空气清冽，满目新绿，令人心旷神怡。第三、四泡，但见草木的芳香与甘甜从薄薄的水汽里弥漫开来。饮后，口齿留芳，回甘醇厚，犹如一股清新的风拂过春天的原野，只觉得时光无限美好。

谷雨后所采的茶主要用来制红茶。茶树只要它活着，就源源不断地为人们创造着价值，无论是茶农、制茶人，还是饮茶人，都是它的受益者。

如果说绿茶是鹅黄绿，是早春的颜色。而棕红色的红茶就像渐渐走向夏季的天气，变得热情。茶与季节有关，茶汤的色泽似乎也有了某种隐喻。

一杯红茶在手，还未喝，那种独特的薯香味就轻易地把你拉进童年的时光里：阳光透过窗户，落在灶上，一锅红薯正热气蒸腾。揭开锅盖，红薯的香甜就钻进了你的鼻子。贴着锅的红薯被烤焦了，你把它从锅里掰下来，一块焦糖似的红薯就粘在锅上。你拆下来一尝，焦味里带着香甜，这就是红茶的味道，也是来自遥远的童年的味道。

在炎热的夏天，制茶人是不休息的。虽然夏季气温高水分流失快，茶叶的品质相对较差，但这时的茶叶可以用来制黑茶。用野生茶叶制作黑茶最好。纯粹的，没有经过人工干扰，自生自长充满野性的茶叶，它们散布在树林，活了千年百年；之后被人们采摘，杀青，初揉，渥堆，烘焙，压紧成砖。在沉静的岁月里，黑茶在它的内部孕育着"金花"。"金花"是黑茶在发酵过程中产生的一种微生物，学名叫做"冠突散囊菌"；这是一种非常稀少、珍贵的微生物，是对人有益的酵素类菌，使茶叶的口感等特性提高和优化。"金花"在黑暗中萌发，星星点点，弥漫开来。茶是植物中的精灵，它即使离开枝头，身处黑暗，也从未停止生长。

黑茶一般能保存十年左右，愈久弥香。打开老黑茶的正确方式不是泡。泡的方式对于黑茶来说太肤浅，缺乏力度，不够把贮存的岁月香气熬出来。得煮，或者蒸。

冬天里，小火慢慢煨着、熬着黑茶，一群人在它散发的香气里聊着天。声音不大，和室外的静谧以及金色的阳光刚好迎合着。大家好像置身空林，风过林间，树叶沙沙，草木萧萧，偶闻人语。壶里的水在悠然的时间里，一点一点变成棕黄色，一点一点浓起来，倒在玻璃杯里，黑褐油润，香气饱满，滑口生津。

喝黑茶适合一口闷，就像一颗圆润的珠子滑进了你的嘴里，然后融化散开，渗进心里。冬天，一碗黑茶暖身，暖心，暖寒夜，寒夜也生出香气来，时光变得缓慢而温润。

窗外的阳光暗淡下来，暑气消退，季节慢慢走向深处……

茶的性子在经春历夏后，多了一份淡泊与洒脱。秋茶可做白茶。白茶就像秋天一样爽朗，像柳梢头的一轮圆月，杏黄明亮。

白茶的制作工艺是最自然的，把采下的新鲜茶叶薄薄地摊放在竹席上置于微弱的阳光下，或置于通风透光效果好的室内，让其自然萎凋。晾晒至七八成干时，再用文火慢慢烘干即可。民间流传白茶"一年茶，三年药，七年宝"。白茶和黑茶一样，当它们离开枝头后，生命并未完结，一直在生长变化，在时间里发酵，沉淀，努力成为更好的自己。

一片茶叶成就了制茶人，制茶人也成就了一片茶叶。他们息息相关，惺惺相惜，充满情意。一杯茶里有一份诚挚的心意，有一段安静的时光，有一种深厚的文化。

车轴草

　　八月下旬，天气很炎热。我带着参加小狐狸公益美育教育的孩子们前往广坪镇么哨山里的中科院会同森林生态实验站。今天，我们要探究一种植物，从它的身上提取元素，创作自己心目中的植物精灵，给予它们法力和法器，然后画出来。以此方式，让孩子们亲近自然，了解自然，进行科普教育，培养他们的观察力、创造能力。

　　我们在一条砂石路旁，几棵大树下，看到了车轴草。它就是我们今天要研究的对象。车轴草，难道它像车轴吗？佩仪在和孩子们讲怎样提炼车轴草中的元素去组合创造自己的植物精灵。佩仪是从广州赶过来的，就为了给孩子们上一堂植物精灵创意课。为了这堂课，她和一个戴眼镜的瘦瘦男孩在这山上住了一个星期。她告诉我，山里的空气真是好，山里真是安静，山里看到的星空充满了梦幻。现在想来，佩仪也是因了车轴草而得到了一段美好的山居时光。

　　今天，我竟然发现，几十年里，这是第一次见到车轴草。第一次，太神奇了。我这个从小在乡下长大的孩子早些年干嘛去了呢？竟然无法遇见一株车轴草？或者我曾经看到过，但是没有注意它？我的无视曾错过了多少美好又可爱的东西？

车轴草和别的草相比，它太特别了。它的三片叶子呈车轮里的轴状排列。在每片叶面中心有一道倒 V 形的白晕，三个倒 V 形白晕连起来，就像谁用白描手法在叶面勾勒了一朵简洁的白花。洁白的球状花被这碧绿的三片叶子衬着，宛如纯洁可爱、亭亭玉立的小公主。

我后来了解到，车轴草自古在人们的心中是有魔法的，它可以帮助人们实现心中的愿望。它是最纯正的三叶草。三叶草这种与爱情、幸福、友情等有关的植物，一直被人们追捧。扑克牌里面的梅花就代表幸运的三叶草。阿迪达斯服饰上的标志就是三叶草：三叶草的形状如同地球立体三维的平面展开，很像一张世界地图；三条纹象征着延伸至全世界。传说中，如果谁找到了有四瓣叶片的三叶草，谁就会得到幸福。所以在欧洲一些国家，在路边看到四叶三叶草的人们，都会把它收好，压平，来日赠送他人，表达对友人的美好祝愿。

孩子们仔细地观察车轴草，提取它身上的元素，画在稿纸上，构思自己的植物精灵。专注的他们本身就是可爱的精灵。安静的山里，蝉在树林深处叫得欢，阳光被树木滤过也变得安静。

回到临时的画室，孩子们埋头作画，笔下的精灵一开始是犹犹豫豫的，不知道自己该以怎样的面目见自己的主人才好。越到后面，精灵的形体、相貌清晰了，还有了法器。我在孩子们的画里，看到了三叶草的影子。有的精灵头饰是车轴草的叶序，有的头部或脸型就是车轴草的变形。脸颊上的那道 V 形黑线就是车轴草叶子上的那道白晕；那个站在花朵上的小精灵所穿的蓬蓬裙形状就是车轴草花型；手上拿着的那把扇形法器，就是一片车轴草叶子；有的小精灵手足纤细，那是因为车轴草有着纤细的茎。

一株车轴草可以变幻成无数个形态附着在各种小精灵身上，我觉得绘画的孩子们也需要一个有法器、会魔法的精灵做他们的保护神，以帮助他们抵抗生活中可能遇到的困难与诱惑，呵护他们健康快乐地成长。这些只有语文、数学、英语课而没有美术课的孩子们，从来都没有这样认真画画的孩子们，没想到在车轴草的启示下，竟然也可以创作出令人惊喜的小精灵。他们天马行空的想象力让我们这些成人惊叹。我想，我们做这样的美育教育公益活动是对的。当学习像山一样压住了孩子们的时候，我们带他们抽离出来，进入森林课堂，呵护他们的童心童真，擦亮他们的眼睛，去关注自然，爱上自然，看到自然的美好。或许这样有可能会在他们的心上播下一粒种子。

很久以后，我的眼前经常浮现那座夏天的山林，山林里那片带给孩子创造精灵的灵感之草，还有那群画画的孩子，那两个从大老远的广州跑到这深山里来的大学生。孩子们因为找到了三叶草，所以得以从繁重的学业中偷得一日闲，得以亲近自然，得以呼吸森林新鲜的空气，得以听鸟语闻花香。这就是车轴草带来的幸运。人生中有那样一个八月应该是令人难忘的吧。

我很希望通过车轴草，在孩子的心里播下一粒种子。在未来的日子里，如果他们倍感辛苦的时候，他们能想起山里，八月的阳光下，那一片碧绿的车轴草、仙女般的白色车轴草花，那个自己创造的、可爱的、有法力的植物精灵，还有陪伴他们的老师和哥哥姐姐。希望这童年时代的美好场景，能抚慰他们受伤的心灵。

大自然永远是疗养心灵的最好场所，何况那里还有象征着幸运的车轴草。愿每个人找到自己的车轴草。

藿香蓟

种葛根的老张折了一枝葛根地里的花枝，说，这个叫白花草，我最讨厌这个草了。它从每年的二月份开花，一直开到十二月。它开始长得慢，矮矮的，藏在葛根藤里，你看不见它，也不注意它。等你看见它的时候，好像是一夜之间就蹿高了，田里到处是。它生命力特别顽强，你根本无法消灭它。他恼怒地把手中的花枝甩在地上。

我捡起来，拿在手中端详，这是一枝白花。你把它丢在田野里，不显眼，不动人。但是，你仔细看它，就看出很多美妙的地方来。比如，它的茎枝在这冬天里依然生气勃勃、源源不断地输送着养料给枝头的花们；比如那绿色的花托，像一个忠厚的仆人心甘情愿地托着自己的主人，无论风怎么吹，雨怎么下，它都稳稳当当得让人放心。那么花呢，当然是最美妙之处了。一小朵一小朵白色的花簇拥在顶端，像女孩子冬天戴的毛线帽上吊着的那个萌萌的绒线球。这种花序在生物学上，被称作头状花序，由许多无柄小花密集着生于花序轴的顶部，排成紧密的伞房状花序。这样使本来不太明显的每个小花显得大而醒目，以利于招引更多的昆虫。嘿嘿，植物可是很聪明的。

　　它其实有个很典雅的名字叫藿香蓟，因为它形似蓟花而得名。在希腊神话里，大地女神对多才多艺的克利斯心生爱慕，一心想找机会向这位能吟诗作曲的狩猎高手牧羊人诉说情意。哪知落花有意流水无情，饱尝单恋的悲痛之余，大地女神将自己化作蓟花来表示"心如针刺"之苦。藿香蓟花的绒毛有两层，一层短的，密集；一层长的，稀疏。是的，那长的绒毛就像一颗一颗针刺在形似白线球的密集的短绒毛花心上。"心如针刺"便是从这里来的吧。

　　白花草，我捏着这支花轻轻念叨，开白花的草。你不得不承认，"白花草"这个名字比"藿香蓟"更朴素，更准确，更乡野，更接地气。既然称之为草，它就具备了草的韧性和强大的生命力。第一个给它命名的人一定是很了解它，并见识了它的厉害。

　　现在，它们就像乡下的野丫头一样，浑身充满了活力，撒开手脚，在田野间像风一样奔跑。是的，我看见它们在飞奔。在荒芜的田里，密密麻麻的尽是白花草。它们从这丘田跑到那丘田，从田埂上跑到河岸边。到处是它们活泼的、朴素的身姿，到处是它们欢乐的笑声。它们在风中俯仰生姿，好像谁说了个有趣的事，安静的田野就炸开了锅：它们有的捂着嘴笑，有的张开嘴笑，有的弯着腰笑，有的仰头大笑，有的扶着身边的伙伴肩膀笑，真是非常热闹。

　　我从来都不觉田野是安静的，在它静默的表情下，有一颗火热跳动着的心，有千丝万缕的情绪在它的肌理里攒动，也会有阴谋在悄悄地行进……

　　现在，萧索空旷的冬天田野因为有了这群叫白花草的女孩像个花园，不，是一个花海。所有的作物让出了地盘，空旷的原野成了它们的天下。它们那么殷切地、热情地盛开，没心没肺、肆无忌惮地开放。其实它们不比西楼的格桑花逊色，但是没有人来欣赏它；还被老张嫌弃；甚至连摄影爱好者也对它不屑一顾。

它其实有个非常端庄的花语：敬爱。它是天蝎座守护花和 8 月 14 日出生者的生日花。它有白色和紫色两种，白色纯洁，紫色淡雅。它现在已被引入花展中。乡间的野丫头经过修剪后，进入厅堂竟然很文艺范。它那样美好，美好到人们如此喜爱它，美好到在它身上倾注了那么多美好的愿望，甚至不惜冠它以"敬爱"这样的花语，这是多少花都无法得到的荣誉呀。

我们很多人都不知道这些，老张也不知道。被他嫌弃的白花草虽平凡、普通、渺小，但也能造福于人。它具有清热解毒、止血、止痛之功效；可用于感冒发烧、咽喉肿痛、口舌生疮、咯血、崩漏、脘腹疼痛、跌打损伤、外伤出血等。

小小的白花草和葛根一样都是无私的大自然馈赠给人类的礼物，它和葛根一样也可以爱护人类。

但是，它对环境的适应性太强了，它旺盛的生命力、漫长的生长期强悍到让人恐惧。它的种子产量大，被风被雨被鸟被昆虫一带，四处传播，生长之易，范围之广，防不胜防。它性子过野，又倔强叛逆，你扯了，它们又长；你再扯，它们再长。此消彼长，犹如潮水，一浪接一浪，汹涌澎湃，难以休停，以至于形成地方入侵。白花草会对周围的植物产生化感作用，抑制邻居们的生长。小小白花草原来是个霸道的角色！无怪乎老张那样痛恨它！

物极必反！

当它们咧开嘴巴笑，不断追赶我们的时候，我们将栖身何处？看着原野里密密麻麻盛开着的白花草，我的心也有了一丝恐慌……

013

空谷有佳人

"空谷有佳人，倏然抱幽独。东风时拂之，香芬远弥馥。"明孙克弘写的这首《兰花》给我留下深刻的印象。生长在空谷的兰花好比佳人，它使我联想起素衣绿裙、淡雅清新、饮朝露食清泉的山中仙子，她们不食人间烟火，不问世事红尘，遗世独立，超凡脱俗。

三月初，天气还很寒冷，街上的人都穿着棉衣、戴着围巾帽子，缩着脖子在料峭的春风中行走。我忽然在这寒冷的风中闻到一股幽香，使劲嗅嗅，这不是兰花的香气吗？抬头四顾，街对面有人在卖兰花。木架上摆了十多盆不同种类的兰花。每盆兰花都已盛开。有的呈黄绿色，有的呈粉色，有的呈白色。一时间，我恍若看到许多蜻蜓和蝴蝶栖息在兰草上，翅膀一张一翕。

最喜其中一朵叫"白雪公主"的兰花。花朵素白如雪，确实名如其花。它楚楚可怜的样子，把其他的兰花击败了。我蹲在它面前，欢喜地欣赏它。其洁白的花瓣呈椭条形，像极了盛开的莲花花瓣，花瓣上有绿色脉络，给人薄如蝉翼的感觉。三片花瓣向三个方向伸展，另外两瓣弯腰呵护着洁白的花心。整朵花型像小孩子玩的风车形状。修长碧绿的兰叶相互交错，筑起一道藩篱，像保护心爱的小公主一样。它其实是非常昂贵的莲瓣兰。卖花人之所以给它起名"白雪公主"，实在是因为它像洁白无瑕、人见尤怜的白雪公主。莲瓣兰有很多种颜色，我就喜欢这种素色的兰花。而古人在这方面似乎也和我的喜好一样。

古代多以素静淡雅的兰花为贵。这可能和中国人喜欢素淡、雅致、清幽、洁净的风格，推崇忠贞、廉洁、质朴、坚韧的情操有关。

这朵洁白的兰花在寒冷的初春就盛开，不管有无欣赏者，都独自芳香，与君子的品格不谋而合。想起郑板桥笔下与山石为伴的兰：石虽瘦，而骨硬；兰虽弱，而魂秀。这也和君子的品性相符合。

兰花被人们视为君子是从孔子开始的。"孔子历聘诸侯，诸侯莫能任。自卫反鲁，过隐谷之中，见芗兰独茂，喟然叹道：'夫兰当为王者香，今乃独茂，与众草为伍，譬犹贤者不逢时，与鄙夫为伦也。'"并做《猗兰操》："习习谷风，以阴以雨。之子于归，远送越野。何彼苍天，不得其所。逍遥九州，无所定处，时人暗蔽，不知贤者。年迈逝迈，一身将老。"孔子见芳香、淡雅、高洁的兰花生于野外，与众草为伍，不免联想到自己虽有抱负才华，却不得用，就如同幽兰入杂草一般。

孔子终究是孔子，他说"笃信好学，守死善道。……天下有道则见，无道则隐""用之则行，舍之则藏""芷兰生幽谷，不以无人而不芳；君子修道立德，不为穷困而改节"。多少人从大自然获得灵感，从一棵草一朵花里顿悟了人生的道理，从而得以抚慰孤独的心灵、疲倦的灵魂。而悲愁欢喜有了寄托，美好的节操也有了代言的形象。

后战国时期的《荀子·宥坐》，在评论孔子虽热心救世但不为诸侯所用就说过："且夫芷兰生于深林，非以无人而不芳。君子之学，非为通也，为穷而不困，忧而意不衰也，知祸福终始而心不惑也。"荀子是将孔子比喻成空谷幽兰，虽不为诸侯所用，却并未改变其如兰花一般的高洁志趣。

这正如兰花处寂寞冷清的空谷，依然不改其芳香的品性一样：你来与不来，我都在这里开花。

　　人与兰花就此联系上了，从此纠缠了千百年。

　　卖花人是个瘦小的中年男人，言谈之间，足见他对兰花的喜爱。看到大家来赏兰，不管你买不买，他都热心地介绍这些兰花品种。在闲谈中了解到，他经常上山寻找兰花。一个人背着竹篓，拄着竹杖，漫山遍野地寻找兰花。他深知兰花的习性，知道哪里有兰，每次上山总会有收获。而兰花因风送幽香，却不知，这倒是给寻兰人提了个醒。

　　来看兰花的人很多，来买兰花的人也对比着买哪一种好。我站在一边，看着被寒风吹得东倒西歪的兰花，心里有股隐痛。它们不应该在这方寸花盆里作为被售卖的商品，应该在那空旷的山林、溪涧，呼吸自由的空气，与芳草鸟语为伴，过自由自在的生活，做真正的君子兰。

　　空谷有佳人，但不能遗世独立了。

秋之芒草

"蒹葭苍苍，白露为霜。所谓伊人，在水一方。溯洄从之，道阻且长。溯游从之，宛在水中央。"深秋清晨，芒草茂盛，露水晶莹，一股清虚、寂寥、凄凉之感迎面扑来。当我吟诵这首诗，眼前是漫山遍野的芒草，那个执着追求爱情的人因为芒草的烘托而格外忧伤、美丽、动人。我现在才知道，我想象中的芒草并非蒹葭。蒹葭其实是芦荻、芦苇。非常遗憾，生长在田边、河岸、山坡的芒草竟然不是《诗经》中的蒹葭，它和这首最美的、写相思之情的诗竟然毫无关系。而芦荻、芦苇却是那样招诗人们喜爱：

"浔阳江头夜送客，枫叶荻花秋瑟瑟。"连送别的场景里，白居易也不忘记岸边的那丛芦荻。

"请看石上藤萝月，已映洲前芦荻花。"这么美的意境，也只是给了芦荻花而不是芒花。

甚至连那幅对联也有芦苇的一席之地："墙上芦苇，头重脚轻根底浅；山间竹笋，嘴尖皮厚腹中空。"

我执着地想从诗词里找到一些与芒有关的诗句，想赋予它一些深沉的文化底蕴与典雅的诗意，让我写起它来的时候，理直气壮，而不是师出无名。我查阅了很多资料，可是还是不能从诗词里找到它的身影。但是，即使没有诗人提到它，我还是很喜欢它。先看看它的简介：

"芒，多年生草本植物，叶细长有尖。叶除可作绿篱和布置庭园外，又可作造纸原料和编织草鞋，嫩叶可做牛的饲料。喜欢生长在溪流旁、山坡上、道路边这些开阔的地方，成群随意生长。地下茎也非常发达，适于各种土壤生存，一点儿也不娇气。"

这是关于芒的简介。字里行间可见写简介的人对它是喜欢的，对它的生活态度是认同的，对它坚韧的性格是赞美的。"一点儿也不娇气"，这样极富感情色彩的评价，在别的植物简介里，可是少有的。这个"一点儿"真是显出了作者的可爱和作者对芒的喜爱。鲜为人知的是，芒草还是很好的生物质能源和低碳环保材料，而且还具有绿化环境、恢复生态的功能，很多贫瘠土地都可以发展种植芒草。这个朴素的自然之子，实在！

芒虽然不能进入诗词，与诗人们的喜怒哀乐毫无关系，但它似乎生来就带着一点秋的凄清。清秋时节，芒花盛开时，山坡上、田野边尽是它的身影。它疏朗俊逸的身姿和秋天的晴空或者傍晚的霞光形成了清秋的特点。借用林庚先生的话就是："疏朗与绵密的交织，一个迢远而情深的美丽的形象""仿佛听见了离人的叹息，想起了游子的漂泊"。悲秋之情油然而生。

当我在为芒没能入诗词而遗憾时，这样一条信息让我甚是欣慰：台湾前清古道"草岭古道"的名字就和芒有关。在秋季，满山的芒盛开的时候，道路两旁都被白色的芒花覆盖，随风摇曳，非常浪漫、唯美，因此取名"草岭古道"。古道而有芒花，多了一份百转的柔肠；芒花中有古道，多了一些人间烟火气。给古道命名的人该多喜欢那满山的芒花。

想起某年一个秋天的傍晚，我带着到野外竞走的学生返校。在渠水河边，无意间偏头，就看到铺天盖地的芒草从山坡上一直奔到河岸边。夕阳下，半坡芒草在暖暖的斜阳里，光线照得它们透明洁白，如云如雾如梦；半坡芒草隐在淡青色的暮霭中，那样迷茫，朦胧，凄美。远山暗沉，秋水静谧，村庄宁静，树木萧条，好像都是为了烘托那一坡的芒，为它造一个淡远的背景，使得它的美有了层次和深度。川原秋色静，芒草晚风中，我感觉自己看到了一个梦。

　　我忽然明白：芒在，寻常的路便走出了诗意；芒在，荒凉的田野便有了意趣；芒在，荒芜的山坡也充满了绵绵深情。大自然这个神奇的造物者呀！

　　认真欣赏芒，那一根根线条分明、纤细的花儿犹如竖琴的琴弦，正兀自陶醉地弹奏着风谱写的曲子。再看，又感觉它们像须发皆白的隐者，悠闲惬意地品味着这秋的况味。人们常常赋予花草以寓意，以此来寄托表达自己的情感。芒则代表着无忧无虑的青春、希望、快乐，代表着顽强、执着向上的精神。它的随遇而安，它的坚韧，它的雅俗共赏，它的诗意浪漫，使得它名副其实。

　　秋日天空下，芒花如流苏一样垂着，像一把拂尘，给路过的风拭去身上的尘埃和满身的疲惫。遂想起林夕的《秋之芒草》：

　　　你是不能不飘荡的风
　　　我是芒草走不动
　　　春里来时倾倒你怀中
　　　秋去仰首望长空

去山中看树

　　穿行山林，我渐渐被沿途的树迷住：青冈、桢楠、杜英、猴欢喜、木荷、豹皮樟……

　　树们安静地呆在山中，有的像山间隐士，选一方水土，安家落户，随遇而安；有的像斗士，练就铮铮傲骨，只为实现做一棵树的愿望。有那么一棵两棵三棵四棵树……竟然扎根岩石中：岩石咬它们的根，挤压它们的干，硌痛了它们的骨头，勒痕留在了树干上、树皮上，可是，它们依然努力地向上生长，生长。它们的皮肤粗糙，坑坑洼洼，伤痕累累，每个印迹都是它们艰难成长的凭证。然而，在深深的黑暗的地下，它们的根扭曲成了什么样子呢？一棵树已经把根长成了碗口粗的干，像一只灌注强劲力量的鹰爪，紧紧地抓住薄薄的泥土。抚摸着青灰色的根，像触碰绷得紧紧的弦，是它们弹奏出生命的伟大，凸显出生命的可贵，用它们的姿态，写出了一个大大的"韧"字！

　　若命运注定我不能站立成一棵树的话，那么就让我匍匐在地，以另一种姿态活着。那是一棵枫树，不知道它经历了什么，它好比一个瘫痪的人，站不起来，只好依着山势向下斜躺着。虽不能问鼎蓝天，只要活着，贴地而生又有什么不可，一样可以枝繁叶茂，伸展前行，以一棵树的姿态。

一棵树身呈青色的青冈树更是令人讶异。在靠近根部的地方，树身被挖了一个洞，它却在树洞的上方长出了一个碗口粗和茶杯口粗一大一小两根枝干。而主干向前倾斜之后，又努力扭过来，向后生长，极力保持身子的平衡。它的下面是一道斜坡，它好像随时一个不小心就会倒下去。然而，它就那样稳稳地站立着。在秋天的阳光下保持着属于它的傲人姿态。

世上从来就没有一棵会放弃自己的树，只要给它一抔土，一些阳光，它就可以尽其所能地生长。我好似忽然明白，在这茂密的森林里，侗族得以生息繁衍的原因了。我想象得出，他们曾以愚公一样的精神，开荒种地，在莽莽苍苍的森林里安家落户。他们坐在家门前的阳光地里，吧嗒吧嗒地抽着叶子烟，看着满山的树，欣慰又安心。是树铸就了他们坚韧的性格，而他们也守护着这片他们赖以生存的森林。他们和谐相处，天人合一。

豹皮樟，这个山林里帅气俊朗的男子，身材颀长。它有斑驳多彩的树皮，白色、黄色、绿色、蓝色的斑块相互覆盖、交织、依靠、混杂在一起，像身着迷彩服的帅气的军人。

一棵一抱粗的树，树身长了碧绿的青苔，你用手机拍下它的局部，你看见的不是树皮，而是一堵怪石嶙峋的青灰色的坚硬的山崖。树长成山崖的样子，你见过吗？

抬头，但见修长的杉木树密密匝匝地立着，树腰上棕黄色的叶子干枯了；树梢上的却还油油地碧绿着。树们围了一块天空，犹如一圈葱茏的绿围了一汪蓝色的湖，就像池塘生春草的模样。

阳光从前方的树缝间斜射下来，那一条条呈放射状的光线旋转着，

021

它射在叶上,叶面银光闪烁,犹如一湖波光,又如碎银点点,恰似星光灿烂。它映在树梢上,把叶子照得透亮。纵横交错的叶脉被照得清清楚楚,它就像这鹰嘴界的地图,错综复杂,但殊途同归。它们似片片温润的翡翠,风吹来,你听得到铃铃的声响,有股初春的气息。可是,现在是秋天,南方的秋天。

去山中看树,也许你会对人生多一些理解和谅解;面对人生的风雨,就会多一些从容淡定。

十一点钟,林中气温逐渐升高,地面上光影斑驳,变幻莫测。这铺满落叶的山坡是一张上好的宣纸,散发出古旧的气息,影子和光组成了一幅幅神奇的书法作品:线条粗细长短得宜,墨色浓淡枯湿恰当,疏密留白照顾周全,章法自然有呼有吸。有的点画沉实,意态飘洒;有的秀丽端庄,干净利落;有的行笔老辣苍劲,如枯藤老树……魏碑的厚重,曹全的飘逸,行书的流畅,草书的狂野尽在其中。道法自然!古人的书法创作灵感是不是也曾源于光怪陆离的光影世界呢?

秋山疏朗从容,豪爽旷达。沉寂的沉寂着,活泼的活泼着,休养生息的休养着,旺盛的继续旺盛着。不争不抢,不吵不闹,沉静,安详。山给予了树的高度,树成就了山的威仪。它们相互依靠,生生不息,绵延千里。山,因包容,方成其大。

秋天的山林少了虫吟和蝉鸣,只偶尔从某处的丛林传来几声鸟鸣,或圆润,或清脆,或尖细,像句号、顿号、破折号……如果说鹰嘴界是一本古老的书,那么它们是书中的句读。当鸟音消失,山林寂静,唯听得落叶飘零的声音:嚓——。那是温柔的叹息,也是生命的完美谢幕。"人闲桂花落,夜静春山空"想来也是这样的意境吧。只不过,现在是灿烂的秋日,落的不是桂花而是黄叶罢了。

此时,明媚的阳光已肆意地泼洒在鹰嘴界……

杉木树

童年我最熟悉的树应该是杉木树。大概十岁，我也开始跟着伙伴们上山砍柴。周末放晚学了，距离天黑还有一段时间，这个时候我们就会结伴就近到村子对面的竹湾里、冲秀寨砍一担柴。为了在天黑之前完成任务，我们选择的捷径就是砍杉木树枝。这两个地方遍种杉木树。只要你会爬树，蹭蹭几下就上了树，然后踩着像梯子一样的杉树枝往上爬。砍杉木树枝得先砍上面的，再依次退下来砍下面的，直到把脚上踩的最后一枝砍完，才把刀往地上一丢，抱着树，哧溜下到树脚了。然后只需把杉树枝上的刺剔尽，一根根码在柴架上即可。这样的生的杉木树枝砍起来容易，但是沉，重。带回家也得风干了才能烧。所以，很多时候，尤其是像我这样不会爬树的人，多半是四处搜寻树下干了的杉木树枝。

杉木树枝长满了刺。干了的刺凶悍得很，尖锐得很，手脚碰到上面，刺痛。但是，那铺满山坡的杉木树刺又有说不出的美。当夕阳透过树缝落在地上，它们明晃晃地耀眼，踩在上面软绵绵的。

杉木纹理直，结构细，耐腐力强，其用途之大，无一树种能与之比拟；又因它萌芽力强，不畏斧斤，成林又快，所以我们这里的杉木树林特别多。杉木树可以说是我们的保护神。房屋的柱子、板子是杉木树，家里的洗澡盆、庞桶、米桶、筷子筒、茶盆、水桶、洗脸盆、柜子、箱子、凳子等用品是杉木树制的，甚至连装饭的勺子都是杉木的。它是融进我们生活最彻底的一种树。

它还是人最终的归宿。每家每户都会在自己的自留山留几棵又直又大的杉木树。等它们足够大了，就砍倒，风干，抬回家中给家里的老人做寿枋。它可以为活着的人一个家遮风挡雨，也容纳亡人的躯体，伴他们长眠地下，是最具包容的树。

杉木绵软，连蜜蜂都喜欢它。放假回乡下的家，我们发现房子竟然被蜜蜂钻了很多小洞。专挑杉木板子钻。爸爸说，杉木软，松树硬，所以蜜蜂就钻杉木板子。没办法，这也是蜜蜂的家。爸爸倒是想得开。

五月的一天，我带着课题组的孩子又去广坪镇么哨大山里的中科院会同森林生态实验站参加科普活动。广坪镇因杉木树而素有"广木之乡"的美誉。中科院的老师很自然地选择了杉木树作为孩子们学习和观察的对象。在这活动中，我对杉木树的了解更进一层。杉木树为了争夺阳光，为了安身立命，它们努力向上生长，因而身材颀长伟岸；为了防止外物对身体的伤害，它披上了绵软的灰褐色保护衣——树皮；可谓森林里外柔内刚的美男子。它喜欢温暖湿润、多雾静风的气候环境，不耐严寒及湿热；因为长得高所以怕风，怕旱；为了避免丧失自身的水份，叶子变成了针状；怕孤单，喜欢群居；但为了在群体中活下去，必须不断往上长，以争得阳光、雨露。杉木树其实是智慧的树。它不言不语，但懂得用什么样的方式使自己在有限的生存条件下活下去。在森林里，你很少看得见歪歪扭扭的杉木树，它们一律向上生长，朝着天空进发。而在这样的生存方式中，它不知不觉把自己长成了栋梁之材，成为深受人们喜爱、用途最广最大的树。

大自然总是给予人很多启迪。学生在观察了杉木树后开始创作心中的精灵形象。其中一个孩子提取了杉木树身上的特点：杉木，裸子植物；树皮绵软且呈长条形脱落；叶子披针形，耐腐蚀；杉果里有种子呈扁平状。然后他综合这些信息创作了一个穿着灰褐色上衣绿色裙子、浑身长满刺的敦实的精灵形象：它以树干为身形，故笔直且下宽上细；以针状叶子为护身器，故身体周围为针刺；以杉果形态包裹身体，故包裹物为苞鳞状；因杉果较硬，故妖灵手持杉果锤。孩子们把一棵杉木树化身为一个保护森林的精灵形象，真是太棒了。然而，杉木树从来自始至终都是我们的保护神。

侗族鼓楼是侗乡具有独特风格的建筑物，流行于湖南、贵州、广西壮族自治区交界地区。在古代，侗族鼓楼是开会场所，起到外敌入侵鸣鼓警示等作用。第一次去三江，第一次在那里看到了鼓楼。只见鼓楼巍然挺立，气概雄伟，飞阁垂檐层层而上呈宝塔形。我看着鼓楼，总觉得似曾相识，觉得有什么东西和它的形状差不多。杉木树！我忽然想到。

是的，鼓楼是模仿杉木树形状建造的：杉木树幼树树冠尖塔形，大树树冠圆锥形，枝枝叶叶层层叠叠，从上到下由尖到宽，和鼓楼的形状不谋而合。在众多的树中，为什么侗族选取杉木树的形状呢。有人说，因为杉木树像一把保护伞给侗族的祖先以荫庇，因而以它的形状建造了鼓楼。

人类叫嚣说，我是世界的主宰。却不知，是多少杉木树们、生灵们努力地成全。

稻香

　　《人类简史》里有这样一段话："农业革命是史上最大的一桩骗局。这背后的主谋就是那极少数的植物物种，其中包括小麦、稻米和马铃薯。人类以为驯化了植物，但其实是植物驯化了人类。它们操纵智人为其所用，使采集者变成了农民：新的农业活动得花上大把时间，人类就只能被迫永久定居在麦田旁边，成为麦田守望者。人类进入农业时代后，带来的是什么呢？出现大量的疾病，如腰椎盘突出，关节炎和疝气；人口增多，形成村子，需要更多的食物；更多的食物需要扩大田野面积增加收入。农民从此沉浸在周而复始的繁重的劳动中而不得解脱。"

　　也许看起来确实是如此，从此，人类失去自由，因为这些植物而停下迁徙的脚步，再不能去很远的地方。因为春天得侍弄田地，准备播种；夏天得帮着除草除虫；秋天忙着收割晾晒。它们成了农民双脚的羁绊，逐渐失去了那段美好时光："早上八点离开部落，在森林和草地上晃晃，采采蘑菇，抓抓青蛙，偶尔躲下老虎。等到中午过后，他们就可以回部落煮午饭。接下来大把的时间，可以聊聊天，讲讲故事，逗逗小孩，或者放松放松。他们会遇上老虎或蛇,但他们不用担心车祸或工业污染。"

但是,不可否认,因为稻谷我们漂泊的身体不用风餐露宿,有了可以遮风避雨的家;我们从此有了故乡;当我们在外面晃荡得精疲力竭时,故乡抚慰我们疲倦的灵魂,容纳我们疲倦的躯体;我们因此有时间去探究自然的奥妙,可以去发明创造更多的东西,去种植并制出美味的食物,解决了我们饥一餐饱一顿的困境。

为了种田,人们开荒;为了开荒,人们发明了刀;为了犁地,人们发明了犁,驯养了牛;为了收割稻谷,人们发明了打谷机;为了装谷子,人们编制了箩筐;为了晒谷子,人们编制了晒垫;为了把谷子变成稻米,人们发明了碾子、打米机;为了把稻谷煮熟,人们发明了各种器皿;为了充分利用稻米,人们研究了稻米的特性和用途,并把它制作成各种美食……于是出现很多工匠,创造出很多美好的东西。有没有发现,稻谷在驯化人类的时候,也激发了人类的智慧,人类的创作激情空前强大,生活环境逐渐改善,人类的生活越来越美好,并形成了几千年来的稻作文化。

过去,春耕栽秧的时候会举行"开秧门"仪式。但现在随着时间的推移,很多地方已经取消了这种仪式。只有一些古老的民族依然保留着这古老的稻作文化。云南省哈尼族在农历四月的第一个属羊日,要过一个开秧门节。当地哈尼人以村寨为单位,各家备办染红的鸡蛋和染成黄色的糯米饭,在四月第一个属羊日里,祭祀天、地神和布谷鸟。用过节来表示秧门打开,可以下田插秧。贵州省半山苗寨的村民在栽秧种稻时,也要举行庄重的开秧门仪式,用牲畜祭祀山神,请求大自然顺应人意,庄稼茁壮成长。神师在田边点蜡烧香,面向东方,祈祷祖先保佑庄稼不遇灾害,教育人们爱惜种子,珍惜粮食,勤劳肯干。

人们对于稻谷的珍视与敬畏,是源于对稻谷的感恩。因为稻谷养育了人类,使得人类代代相传,繁衍不息。很多民族的服饰中就有稻谷的痕迹，以此表达对稻谷的崇拜，比如侗族。侗族是古越人的后裔，古越人是我国最早种植水稻的民族。侗族服饰上的纹样图案里，就有谷粒纹。这与农耕文明有着直接的联系。

南方湿润，多雨，多水，多水田，最适合种水稻。"微雨众卉新，一雷惊蛰始。田家几日闲，耕种从此起"。春天是耕耘的季节。对于这农耕的场景，诗人王炎的一首诗充分表现了出来："蓑笠朝朝出，沟塍处处通。人间辛苦是三农。要得一犁水足、望年丰。"千百年来，农民在田地里辛苦劳累，既养活自己也养活他人，是最为伟大的创造者。所以，宋应星在《天工开物》中，把《乃粒》即谷物放在书的第一篇，表现了他"贵五谷而贱金玉"的思想，表现了他对农民的尊重和热爱。千百年来，许多诗人也讴歌农民，甚至认为农耕一样是报效国家。是的，没有农民种植稻谷，民以什么生存？国以什么立足？民以食为天，这是亘古不变的大道。

现在是夏天，田里的禾苗正在静静拔节，开花。这些可爱的植物带着人们的希望蓬蓬勃勃地生长。十里西畴熟稻香的场景即将出现。等到新米出世，人们又迎来了一个新的节日——尝新节。那些从村子里嫁出去的姑娘会和姑爷扛着新米，捉着肥胖的鸭子来自己的娘家送节了，家家户户传出鸭子嘎嘎的叫声。

在人和稻谷相爱相杀的漫长时间里，稻谷最终改变了人类的命运。我们是如此乐于被它驯养。

洧河边上的一支芍药

《周礼·地官·媒氏》:"媒氏掌万民之判。凡男女自成名以上,皆书年月日名焉。令男三十而娶,女二十而嫁……中春之月,令会男女,于是时也。奔者不禁。若无故而不用令者,罚之。司男女之无夫家者而会之,凡嫁子娶妻,入币纯帛无过五两。禁迁葬者与嫁殇者,男女之阴讼,听之于胜国之社。其附于刑者,归之于士。""中春之月,令会男女,于是时也",这可谓最早的集体相亲会。

于是,在仲春之月,在山野河滨男女相会中,当遇到自己的意中人,很自然地会通过赠物来表达爱意。于是洧河边上的一支芍药就成为了定情的信物,一直绽放至今。

"溱与洧,方涣涣兮。士与女,方秉蕑兮。女曰:'观乎?'士曰:'既且。''且往观乎!'洧之外,洵訏且乐。维士与女,伊其相谑,赠之以勺药。

溱与洧,浏其清矣。士与女,殷其盈兮。女曰:'观乎?'士曰:'既且。''且往观乎!'洧之外,洵訏且乐。维士与女,伊其将谑,赠之以勺药。"

溱河、洧河上游，大地回春，春风骀荡。上巳节这天，男女老少手拿兰草，举行除灾去邪之祭。在热闹的人群中，一个姑娘对一个小伙子说，我们去洧河边看看？

小伙子说，我已经去过了，不去。

你再陪我去看看呗。姑娘向小伙子撒娇。

小伙子看着姑娘撅起的嘴巴期待的眼神，笑了，说，好吧。

洧河边上，春风拂过宽阔的河面，河面荡起层层涟漪。碧水蓝天间弥漫着花草的香气。小伙子无意中瞥见河畔的一抹粉红，那是春天里的几支芍药。他小心翼翼地采下来。送给你，他把花递给姑娘。姑娘双手接过来，垂眸，低头，闻芍药。人面芍药相映红！小伙子被这美好的画面震住了，心中爱情的种子随着这春天的到来萌芽、生长……

也许正是从《诗经》中这个年轻人的赠芍之举开始，芍药便成了中国的爱情之花、定情之物。它隐含着依依不舍、难舍难分等意蕴。故芍药又称"将离草"。

传说中牡丹、芍药都不是凡花种。某年人间瘟疫，花神为救世人，盗了王母的仙丹撒下人间而得此花。结果一些变成木本的牡丹，另一些变成草本的芍药。与华丽富贵的牡丹相比，芍药显得清雅婉约，如冰清玉洁素朴美丽的女子。李时珍道："芍药，犹婥约也。婥约，美好貌，此草花容婥约，故以为名。"芍药带着个"药"字，是因为芍药的花叶根茎可以入药。《尔雅》载："制食之毒，莫良于勺，故得药名。"

而在古代西方也有类似的传说，说古希腊名医阿斯克列皮耶有个聪明的学生佩小弟。佩小弟青出于蓝，治好了冥神海提斯的伤。阿斯克列皮耶嫉妒之下就杀了佩小弟。好在冥神顾念恩情，把佩小弟变成了一种能治病的花，即芍药。西方人也一直认为芍药具有某种魔力，凡有芍药生长的地方，恶魔都会消失得无影无踪，甚至可以对抗至毒之花——曼陀罗。

　　这些神奇的故事赋予芍药神秘的力量。在肉眼看不见的地方，它的身上散发的神秘物质在流动弥漫。它可以是消病解灾的良药，也可以化身成月老的红线，还惹得心上人一处相思两地闲愁。一朵花，几多情！

　　自古以来，古人就有赠植物表情意的习俗。

　　"投我以木瓜，报之以琼琚。匪报也，永以为好也！

　　投我以木桃，报之以琼瑶。匪报也，永以为好也！

　　投我以木李，报之以琼玖。匪报也，永以为好也！"

　　你给我果子，我赠你美玉，不仅仅为了答谢你，更想珍重你我的情意永相好。

　　"涉江采芙蓉，兰泽多芳草。采之欲为谁？所思在远道。"这涉江采集的芙蓉就是想赠给心上人，表达"我对你的情感就像这江边的芙蓉一样圣洁无瑕"的情意。

　　"江南无所有，聊赠一枝春。"江南没有什么好东西，就折一枝梅花送给远方的你吧。意趣高雅，情意真挚，令人动容。

　　古人表达某种情感，往往善于借助植物。这体现了一种人类的高尚情感，包括爱情，也包括友情。这种情感重的是心心相印，是精神上的契合。因而所赠东西实际上也只具有象征性的意义，即所谓的礼轻情意重，表现的是对他人情意的珍视。

　　古人的浪漫与澹泊之情怀就体现在这些植物之间。草木本无情，当人赋予它意味时，其情意便流传千年而不息。我们似乎也因为这些植物而和千年之前的人有了联系，有了血脉亲情。

　　那洧河边上的一支芍药，盛开了千年从未凋落。

献给节日的草

献给节日的草。写下这六个字,我内心生出一股宗教般的神圣感,就像古人祭祀天地神灵时,献出牲畜一样的庄严感。

没有这些草,节日就不成节日;没有这些草,节日与节日之间就没有了区别。这些献给节日的草是一个节日区别于另一个节日的标签,是属于每一个独特的节日的文化符号,不可替代。

按照时序来分,首先上榜的是醮草。醮草学名鼠曲草。我看着那遍布白色绒毛的醮草,实在不能和鼠联系起来。它有众多别名,比如清明草、糯米青、黄花白艾、清明菜。这些名字就真正的是名如其"草"了。清明草、清明菜,不用说,和清明节有关。这些名字很接地气,很亲切,也因为伴随着一个节日而被人们深深记住。它们像我们远行的老友一样,在每年春天回来的时候,它们也按时回来了。

我们这里喊它作醮草。《广雅》曰:醮,祭也。一种草怎么和醮扯上关系呢?可能是因为它和清明节的一种食物——醮粑有很大的关系。

醮粑在民间是一种用于祭祀的食品,源于古代的祭祀食礼。也许因为鼠曲草掺到醮粑里，所以得名醮草吧。醮草只有在清明时可以采食，过了清明节就变老变硬变韧，嚼不烂，食之无味。所以，清明时节，大家都趁着醮草出现，采集回家和着糯米搅拌打烂，一起制作醮粑。

醮草茎叶可入药，为镇咳、祛痰、治气喘和支气管炎以及非传染性溃疡、创伤之寻常用药，内服还有降血压、降尿酸疗效。我想古人把醮草掺进米粑是有用意的，可以起到食疗的作用。就像北方人冬至吃饺子的来历一样，一开始不过是把羊肉、辣椒和一些祛寒的药材用面皮包成耳朵状的"娇耳"，下锅煮熟后分给烂耳朵病人吃。人们吃下后，浑身发热，血液通畅，两耳变暖。吃了一段时间，病人冻烂的耳朵全好了。后来被百姓们效仿，演变成今天冬至吃饺子的习俗。

地菜是献给三月三的吉祥草。三月三又叫女儿节。这个节日源于上古时代的上巳节。魏晋以后，上巳节改为三月三，后代沿袭，遂成水边饮宴、郊外游春的节日。上巳节是古代举行"祓除畔浴"活动中最重要的节日。宋代以后，理学盛行，礼教渐趋森严，上巳节风俗在中国文化中渐渐衰微。但是有一个习俗却因为地菜而沿袭至今。

地菜也就是"荠菜"，一般长在堤岸和菜地里。刚钻出土的地菜，叶片贴地而生，不起眼。我们常常拿着一把禾镰挖地菜。嫩嫩的地菜是一道美味，炒熟后，叶子依然碧绿绿的，散发着一股好闻的青草香气。每年春风过处，嫩嫩的地菜齐刷刷地钻出地面；随着时间地推移那个匍匐在地上的地菜已经挺直了腰杆，骄傲地在风中开出星星点点的小白花。小白花我们喊它蚊子花，见到了就会顺手摘几枝插在头发上。大人告诉我们，戴这样的花，蚊子就不咬你了。想来大概是它散发的气味可以驱蚊吧。当它开花逐渐变得成熟的时候，三月三来了。家家户户到河堤、菜园去拔地菜。有人还会捆成一小把一小把的带进城里去卖。小城因为地菜的加入而有了节日气氛。

地菜洗净，蜷缩着放锅里，倒进清水，草上摆上洗净的鸡蛋，盖上锅盖，生火煮地菜蛋。

煮熟的鸡蛋上面呈一种草黄色，那是地菜的颜色染的。听说三月三这一天吃地菜蛋保证你一年都不会头痛。这恰巧和《周礼·春官·女巫》记录的节日宗旨不谋而合："女巫掌岁时祓除衅浴。""祓除""衅浴"是古代一种除凶去垢的原始宗教仪式。而吃地菜蛋有祛病的作用，有清热解毒、软坚散结、明目益胃之功效。因而，民间流传着"阳春三月三，'地米菜'当灵丹"的谚语。

三月三后比较隆重的节日就是端午了。献给端午节的草当然是艾草和菖蒲。

端午节，走在大街上，空气里有游丝般的艾草的香气。你去捕捉它，它就把你带到了卖艾草的人面前。地上堆满了扎成一小捆一小捆的艾草和菖蒲。人们经过那里都会停下脚步挑选一把。除了粽子，这是专属于湘西南端午节的信物。

艾草有浓烈的香气。茎、枝都披着灰色蛛丝状柔毛。全草入药，有温经、去湿、散寒、止血、消炎、平喘、止咳、安胎、抗过敏等作用。艾叶晒干捣碎得"艾绒"，制艾条供艾灸用。艾草因为这些药性，而被赋予了神异的功用。

菖蒲，也叫做白菖蒲、藏菖蒲。叶子呈宝剑形状。生于沼泽地、溪流或水田边。菖蒲可以提取芳香油，有香气，是中国传统文化中可防疫驱邪的灵草。因其草叶形似剑，有斩妖除魔之寓意，民间有俗谚曰："菖蒲驱恶迎喜庆，艾叶避邪保平安""蒲剑冲天皇斗观，艾旗拂地神鬼惊"。因而在端午节，它和艾草绑在一起悬挂在门楣上，一起祛病辟邪，护佑人们。

献给节日的草，牺牲自己，成全人类。这样的风骨，大多数人无法企及。

一株蓼草

就那样看见了它，在田野里的一条青灰色的砂石路上，凹凸不平的砂石使得我小心自己的脚下。于是，我看见了一抹红。在这万物萧条的初冬，在天空也是灰色的，远山近水都蒙着一层雾的场景里，这样的一抹红太明媚了。

它是一棵长在砂石中的植物。大部分叶子都枯到卷起来，只有十来片叶子还是红的。红色的茎有的干枯，已经死去；有的还很饱满，你要是用手去挤，可能会有红色的汁液流出来。其中一枝筷子头那么大的主茎已经裂开，一些向四周伸展的纤细的茎条也已经枯死。但它依然保留着往前爬行的姿态，那是一种对远方无限向往的渴望，引人无限遐想的表情。它们想去哪里？在被地下的根所束缚的情形下，依然无法阻挡一枝茎对远方的向往吗？

但是，茎叶上头的花还开着，小米粒大小的、精巧得像经过人工雕琢的白花在这具快要干枯的躯体里盛开着，三两一团，九十一串，抱在一起。盛开的，洁白，如玉温润；含苞的，似乎在下一秒就要绽开美丽的笑靥。它们是被疼爱的、娇嫩的、可爱的女儿,在这些茎条上嬉笑打闹,正是无忧无虑的年纪。它们有股恃宠而骄的活泼肆意,好像它们只负责努力开放成自己想要的样子就可以了。而这一具残体用它所有的精力呵护着这些在枝头盛开的花朵,就像一个经历了残酷的战斗而精疲力尽的父亲,虽知危机四伏,依旧用微笑与慈爱呵护着不谙世事的女儿们。

只不过是一株蓼草,它占据的地盘不过我的手掌张开那么大,我们叫它辣蓼草。它非常普通,乡下的房前屋后、田埂、菜园、水渠边都可见它的身影。它们往往喜欢群居,当蓼花开放的时候,正是秋天,一片深红浅白,犹如繁星点点,非常美丽,非常活泼,使消瘦的田野也因此多了几分娇媚,连诗人见了也对它厚爱三分。

"汀荇青丝尽,江莲白羽空。翠蕤丹粟炫芳丛,总把秋光管领属西风。"

秋天的汀洲枯瘦,江莲谢尽,鸥鸟飞去,只有蓼花翠蕤丹粟,在一片秋光中悠然自得,不惧西风,独自芳菲。

"秋到梧桐我未宜,蓼花何事已先知。朝来数点西风雨,喜见深红四五枝。"梧桐叶由盛而衰之时,却正是蓼花开放的季节。诗人在秋风秋雨中,见数朵蓼花,摇曳生动,野趣悠然,甚是可爱,连悲秋的情绪也没有了,让人心生欢喜。

这在古诗词中摇曳生姿的辣蓼草,给萧瑟的秋天带来生机和诗意。它们多长在湿地,往往直立向上生长。长在枝头的蓼花会低垂下来,形成非常优美的弧线。紫红色的或白色的精巧的花串优雅地在风中摇动,像古代仕女发簪上的流苏。

但这株蓼草却长在毫无遮挡的大路边,连个隐蔽自己的东西都没有。然而,你不得不承认,这样的姿势体现了它的生存智慧。所有的茎条好像是经过商量一样，或者心有灵犀不约而同地匍匐着向四面八方潜行。太棒了，我忍不住为它们喝彩：它是一株有胆有识有智慧有思想的蓼草！

命运让它选择在这样恶劣的环境安家落户，它坦然地接受了。它随之接受了春雨的滋润、夏日的骄阳、秋天的干燥、冬天的寒冷，也接受了车来人往可能给自己带来的灾难。但是，它从来没有放弃过成长。它很可能是在砂石路铺上之后，才在某一天冲破重重压力钻出来的。灰头土脸的它向四周张望，竟然没想到自己在砂石路上，竟然发现寂寞得连个同类都没有。于是，它巧妙地调整了自己生长的方向。

但是，我依然有很多疑问。比如说，夏天，在太阳的炙烤下，砂石路浑身滚烫，匍匐其上的蓼草是怎样熬过来的？还有，它又是怎样聪明地躲避这来往的车辆和行人的？我看见一些伸展的茎中间被压扁裂开，那是被碾压的痕迹，但整株蓼草却幸运地躲过了灾难。当隆隆的车轮从远处来，当劳作的人们出现在这砂石路上，我真替它担心！它有一万种可能被毁灭，但它竟然神奇地逃过了一万种被毁灭的可能活了下来。它的一生真可谓惊心动魄。这难道是一株被上天眷顾的蓼草？许许多多的疑问让我不断地去追问它。但它不语，它的茎向四面八方伸展，使得它像一只戴着花儿的、多足的可爱动物，似乎随时就要从我的眼前爬走了。

生命有太多的谜无法解开，大自然有太多的奇迹无法解释。这从唐诗宋词里走来的植物似乎就为了长成一个谜的样子，让见到它的人去猜测，去思考，去追问。

我可以想象，这株蓼草在时间里慢慢消失的情景：花谢，结籽，叶枯，茎干，最后整株碎裂；被经过这里的一阵一阵的风吹散，种子四处撒播，终于实现了它对远方的向往；而根长埋地底，逐渐腐烂，化为泥土的一部分。它完成了一株蓼草的使命，并最终融于自然。

我的眼睛从这株蓼草出发，看见这条青灰色的路在静默的原野延伸，而这株蓼草像一袭青灰色长袍上的一朵别致的红盘扣，体现出一种优雅从容的美。远处是一派疏朗的白杨树，是河，是村子，是山，是天空……

　　它不愧为天地间的一株蓼草，我想。

油桐和梧桐

　　记得几年前，一个家长打电话给我，胡老师，麻烦你一件事咯。你帮我家孩子改个名字咯。我说，取名字我不在行呢，是不是得请一个先生取呀？没事，只要不是现在这个名字就可以了，你是文化人，取的名字肯定好。我实在推辞不得，只好答应。女孩姓伍，我思来想去总离不开一个"桐"字。我把取的两个名字发给家长，一个是"伍桐"，一个是"伍雨桐"。最后他们用了第二个名字。我之所以用这个字给她取名字，实在是因为我太喜欢诗词里的梧桐："小雨落梧桐。帘栊残烛红。人生闲亦好""梧桐叶上秋萧瑟。画阑桂树攒金碧""秋雨滴梧桐"，还有易安居士最有名的那几句"梧桐更兼细雨，到黄昏、点点滴滴。这次第，怎一个愁字了得"。我对这样婉约的诗词情有独钟，对这样凄美的意象偏爱一层。还有一层原因是，我一直以为乡野随处可见的油桐就是梧桐。

　　但是我错了。

　　油桐是大戟科；叶片卵圆形，顶端短尖，基部截平至浅心形；花瓣白色，有淡红色脉纹，子房密被柔毛；高可达 10 米，喜生于较低的山坡、山麓和沟旁。梧桐是锦葵目梧桐属；叶片宽卵形、三角状卵形或卵状椭圆形，顶端渐尖，基部截形或宽楔形，很少近心形；花萼紫红色，花冠白色或带粉红色；高可达20米，多为普通行道树及庭园绿化观赏树。

也就是说古人喜欢在庭院栽种的是锦葵目梧桐属的梧桐，而在湘西南的山里生长的却是油桐树。油桐树产桐油籽。桐油籽经机械压榨，加工提炼制成的桐油具有迅速干燥、耐高温、耐腐蚀、防水等特点，广泛用于建筑、油漆、印刷、农用机械、电子工业等方面。湘西南人家把桐油籽当作产业，遍种油桐树。在李怀荪老师的长篇小说《湘西秘史》里就记录了桐油的辉煌时期：湘西南的桐油经洪江码头到达浦市销往全国各地甚至海外。但是，后来桐油业却渐渐萧条，山上的油桐树渐渐无人问津。

但一到春天，在湘西南的大山里，大片大片的桐花盛开，似落雪静美，如白云出山。新绿衬着大片的桐花，美不可言。它们不管人们喜不喜欢它，都按时开花。

油桐花花型精巧，白玉似的小喇叭，红色花心吊着几根花蕊，像敲铃铛的线绳似的，似乎听得到叮叮当当的声响。一簇簇，一团团，淡雅，繁盛，又芳香，犹如绰约的仙子。无论是油桐花还是梧桐花，都是清明"节气"之花，是自然时序的物候标记。桐花是冻花天最后冻开的花。如果你在冻花天里感觉特别寒冷的话，大家都会说，现在冻桐油花呢。桐花开后气温渐渐升高。三春之景也因桐花繁盛地开着而绚烂至极致，但马上由盛转衰，花落，叶长，季节逐渐进入夏天。

桐花静美，桐叶阔大。所以每到重阳节，村子里的人都上山摘大片大片的桐叶包桐叶醮粑。重阳节，新的糯谷进仓，家家都要用糯米做醮粑，犒劳辛劳了大半年的自己。人们把醮粑放在碧绿宽大的桐叶中间包裹好。然后放甑里蒸。随着时间的推移，一股桐叶和醮粑的香甜味慢慢从甑的缝隙里弥漫开来，带着秋的气味和爽朗。

我参加工作之初，分配在一个偏僻的小镇。学校围墙外面是几排又高又直又大的梧桐树。我现在确定它们是诗词里的梧桐树。秋天桐叶渐渐泛黄，好像是在不知不觉间，也好像是梧桐树酝酿了很久。某天你不经意地抬头，竟然惊讶地发现树树梧桐叶像一把把燃烧的火焰蒸腾，不，是肆意燃烧，它们以一种决绝的信念要燃尽自己。而树顶上是碧蓝、纯到极致的天空。热烈的黄，冷静的蓝，对比鲜明，相互映衬。我感受到了梧桐的生命活力，那蓬勃的黄深深震撼了我。它们成为那些秋天最美的风景，抚慰我孤独寂寞的心。

五年后，我来城里工作，非常难得地发现办公室窗外竟然有两株梧桐。有一抱粗，两三层楼高。不知道当年是谁栽下的。但是那个在万千树种中选中梧桐树的人极有可能是喜爱梧桐，并深知梧桐的内涵。

是的，梧桐是一种有内涵的树。这些内涵是几千年的光阴赋予它的。梧桐有青桐、碧梧、青玉、庭梧之名称，是我国有诗文记载的最早的著名树种之一。《诗经·大雅·卷阿》有诗云："凤凰鸣矣，于彼高岗；梧桐生矣，于彼朝阳。"诗人在这里用凤凰和鸣，歌声飘飞山岗；**梧桐疯长，身披灿烂朝阳来象征品格的高洁**。"垂緌饮清露，流响出疏桐。居高声自远，非是藉秋风"，这首小诗选择高大挺拔、绿叶疏朗的梧桐为蝉的栖身之处，以衬托蝉的高洁，暗喻自己品格的美好。于是，**梧桐多了些深厚的意蕴**。

古代有"梧"是雄树、"桐"是雌树的说法。因此，梧桐用于比喻男女情爱。"东西植松柏，左右种梧桐。枝枝相覆盖，叶叶相交通"，这源自《孔雀东南飞》中的诗句，用松柏梧桐的枝叶覆盖相交，象征了刘兰芝和焦仲卿对爱情的忠贞不渝。

梧桐树是一种阔叶植物，雨点打在叶片上，吧嗒作响。它又是落叶乔木，秋来叶片纷纷坠落，容易给人萧瑟、凄凉之感。又因其"华净妍雅，极为可爱"而植于园中。于是有了"一声梧叶一声秋，一点芭蕉一点愁"的苦闷和"寂寞梧桐深院锁清秋"的寂寞哀伤之情。于是，梧桐成了"孤独忧愁"的形象。

如果说油桐是朴素的大地之子，那么梧桐则是浪漫哀伤的诗人。一个是现实的生活，一个是诗意的人生。

第二辑　归园田居

温暖的茶堂屋

湘西南人家的房子多是木屋，木屋里有火炉的那间房子我们称为茶堂屋。小时候我住在窨子屋里。窨子屋里有八户人家，就有八间茶堂屋。

每家每户的茶堂屋一角有一个四方的火炉，火炉必定两方靠壁，靠壁的两方各摆放一根长条木矮凳。火炉的另一方摆张四方桌，桌下夹层用来放面盆或者其他东西。最后剩下的一方是女主人忙碌的地方。茶堂屋是一家人每天生活的开始。每天早上起来，女主人要做的第一件事就是在茶堂屋的火炉上生火，开始一天的生活，站在火炉边完成一家人的一日三餐。

我喜欢冬天的茶堂屋。茶堂屋内的火炉烧得暖暖的，活泼的火光跳跃在烤火人的脸上。女主人在火炉前忙忙碌碌，淘米煮饭，切菜，炒菜。男主人和小孩子坐在火炉边，帮着烧火，加柴或者用铁钳掏掏火坑。

女主人打开煮饭的鼎罐盖，用一条长竹块掏掏饭。饭香就弥漫在整个茶堂屋。饭鼎罐端到火坑边烤，接着开始炒菜。锅里的菜"呱呱""沙沙""哗哗"地唱着歌，菜香味和米饭香纠缠在一起，小孩子的口水就出来了。

一道一道菜出锅了，放在火炉前的桌上。一家人动手，摆筷子的摆筷子，拿碗的拿碗，装饭的装饭。男主人一般坐在桌旁，等着小孩或者妻子把饭送到手上。

吃饭了。这时候，会有邻居端着碗来家里串门。他们站在茶堂屋的门槛前，倚靠着门框，边往嘴里送饭边问，吃饭啦。吃么子好菜啊？

呵呵呵。没什么好菜。进来夹菜吃。

那时候，大家生活贫困，哪里有什么好菜呢。都是自家菜园种的辣椒、茄子、豆角、白菜，或者自制的酸菜等等。但即使是同样的蔬菜，因为各家炒菜的人不同，味道也不同。因而，我们都会去各家的茶堂屋里尝菜吃，顺便比较下哪个娘娘手艺好。印象中，艳华妈妈最会做美食。说是美食其实就是很平常的食物。比如辣糍粑，把米粉和辣椒混合在一起，团成一个大丸子，放进瓮缸里密封好。过一段时间，辣糍粑变酸。取出来，切成片，用油煎，又辣又酸又软糯。

茶堂屋火炉上方，每家每户都有一个炕。炕不过是几段扎实的油茶棍做的木架子。上面可以挂用盐腌制好的肉，一刀一刀的肉挂在炕上，一日一日地被熏烤，就变成了最美味最湘西的腊肉。

茶堂屋就是朴素的一日三餐，那些米饭蔬菜和爱融进了我们的骨血，培养了我们坚韧的性格。

冬天，家里来客人了。我们和客人都坐在茶堂屋的火炉上，奶奶和妈妈在张罗晚饭。爸爸则将装着酒和冰糖的小锡壶放在火炉边温着。菜做好了，爸爸和客人坐在桌旁边喝酒边聊天，乐呵呵的。每当回忆起那时的场景，倍觉温暖温馨，甚至泪湿眼眶，欣然微笑。在那段艰苦的岁月里，酌酒对饮的欢乐极为难得，那样的快乐可以让人暂时忘记人生万般苦。

冬天的晚上，茶堂屋最热闹。吃了饭邻居们会到各家串串门。窨子屋里二十岁左右的哥哥姐姐都喜欢来我家坐坐，和我那当教师的爸爸聊聊天。大家围坐在火炉旁，火坑旁边放着一个圆滚滚的大肚子的土陶茶罐，里面煨着热茶。茶是奶奶在春天采摘制作的。

来，喝杯茶。奶奶给每个人倒上一杯热茶。哥哥姐姐们把杯子捧在手里取暖，慢慢悠悠地喝着热茶。大家回忆过去的往事，也谈来年的打算，虽然不知道未来到底是什么样子，但无法阻止大家对它的向往。这一刻，大家都暂时忘记了那生活的沉重，脸上漾着快乐的笑，整个人都是轻盈的，欢声笑语荡漾在茶堂屋内。

我们小孩子则喜欢去月梅娘娘家里。我们在火坑里烧山核桃吃。核桃放进火坑里，看到壳裂缝了，便用火钳夹起来放进装冷水的盆里洗净，然后就着火炉边的火炉岩敲核桃吃。也往火炉里烧板栗。砰——，板栗像炮仗一样在火坑里蹦跳，香气随着这响声四散开来。现在，喝板栗香的绿茶，总是会把我带到这种熟悉、亲切的童年场景中。我们也往火坑里放红薯，薯的香甜气味从茶堂屋飘出去，像个顽皮的孩子四处串门。喝薯香味的红茶，也常常让我想起童年香甜的红薯和那些一起烧红薯的人。

月梅娘娘会唱一些小曲，德久伯会吹笛子。我们围坐在火炉旁边吃这大地馈赠给我们的美食，听德久伯吹笛子，看娘娘唱小曲。火苗舔着撑架上的鼎罐有节奏地跳跃着，火光映照在我们稚嫩的脸上。

茶堂屋外面一片幽暗，但是那些快乐的声音和来自山坡土地的气味足够驱散那些黑暗，使得夜晚变得热闹而温暖。小孩若不是大人一次次地催着去睡觉，是绝不会自己离开茶堂屋的。

温暖的茶堂屋时光是我人生中最美好的一段回忆。

酒趣

　　年轻的父亲最爱吃酒，常邀上学校的同事们到家里吃酒。那时候，大家的生活都不宽裕。有客人来了，一般到巷子里的豆腐店买一角豆腐；到屠夫那里买一斤肉，再煮一碗面，外加几个小菜，就凑成一桌菜款待客人。

　　我们这里的人常说，无酒不成席。所以，酒是不可缺少的。在巷子里宗义太公的代销店里有米酒卖。我拎着两个空酒瓶，来到太公的代销店里，踮着脚，把酒瓶放到高高的柜台上，喊，太公，打两斤酒。

　　蓄着白胡子的、脸庞红润的太公就从柜台后面冒出来，他和蔼地说，好呢。家里来客啦？

　　嗯啦。

　　太公把一个酒海放瓶子口，然后揭开酒缸上的盖子，拿着酒提子舀酒。店里就弥漫着一股酒香。太公的脸总是红红的，我想他肯定是守店的时候偷偷地喝酒。

　　我买酒回来的时候，中堂屋的八仙桌已经摆好了菜、碗盏、筷子，还有小巧的酒杯。父亲和他的朋友正在为谁坐香火头前面的位子而争执。我们这里的香火头就是中堂屋里的神龛。香火头前面的位子是最尊贵的位子。他们总要拉拉扯扯一番，才坐好。

吃酒的时候，他们每个人的声音格外高亢，生怕别人听不见。也是，每个人都那么大声嚷嚷，一片喧闹，不大声点怎听得见。我总是烦他们，闹哄哄的。

他们相互想方设法劝别人喝酒。看到别人仰起脖子一饮而尽，抿着嘴皱着眉的样子，他们就开心地齐声喝道："呃——"声音拖得老长。

吃到酒酣处，他们划拳猜令："权势高升，权势高升。四季发财呀……"他们伸出十指，变换出各种各样的指法。有时，他们中的一个以为自己取胜了，声音上扬起来"六六大顺哦——"那个"哦"字从嘴里发出来，一直上扬，上扬。结果发现，是平手。于是又继续划拳。最终，获胜的一方会得意地喊"哦——"，输的那方二话不说，端起酒杯一饮而尽。爸爸则常常会在劝酒的时候提到一句话"醉翁之意不在酒，在乎山水之间也"。很奇怪，那时还不懂它的意思，也不知道它出自哪里，但我对这句话印象极为深刻。

吃到酒酣处，年轻的父亲找来一道鞭炮，"噼里啪啦，噼里啪啦……"气氛更热烈了。他们则和着炮声又发出"呃——"的欢呼声。在他们看来，吃酒是件十分快乐的事。在我看来，实在觉得他们大人无聊得很。吃一杯酒要啰啰嗦嗦地说一大段话才吃，吃一餐酒竟能吃那么四五个小时，从六点多钟开始可以到晚上十点甚至十一点才结束。桌上的菜，奶奶都热了一遍又一遍，又添了几个菜了。看得我直打哈欠。

我还记得冬天的夜里，火炉上火烧得暖暖的。父亲把酒倒进小锡壶里，丢几块冰糖进去，放在火边暖酒。吃完一壶再暖一壶。有时候姑父来了。两人一喝酒话就多。于是不免就回忆起小时候的事情来。姑父是父亲的表兄。他们说起十多岁时候的事。父亲带着村里的小伙子，姑父带着他们村的小伙子,到我们官舟学校打篮球。双方彼此都不服输,以至于打起架来。我听着,心里想,姑父也不怕麻烦。跑那么远的路到这里打篮球。姑父家在五里之外的瓦窑塘基上。可是每次他们回忆到这里总是开怀大笑。父亲对姑父说,那时候我们都是一些细伢子呢,现在我们的小孩子都上学了。这时间当真过得快。

现在,我再想起这些事时,却发现在那些艰苦的年月里,有一起喝酒的三五个朋友,能一起聊天,一起回忆往事,是一件很美妙的事,也是一种抵抗艰难岁月的力量。

现在,我也偶尔会吃一杯酒,渐渐地感受到了父亲当年与朋友吃酒的乐趣。

仲春时节,雨水特别多,琴、华几个朋友相约去一处农庄吃鱼。出发时,天正阴沉着一张脸,哗啦哗啦地下大雨。但是,雨怎能阻挡我们的兴致呢。

车在平坦的道路上行驶,雨势渐渐减小了。两边的青山在雨水的洗刷下变得格外清新,鲜嫩的叶子越发翠色欲滴。山间生起白蒙蒙的雾气。河里的水涨起来了,是浑浊的黄。

到了农庄,我们下车上楼,临窗便见青山与河水相依相偎,水面上偶尔有只白鹭飞过,四周静谧,只剩下雨声。

鱼火锅上来了,我们喊了一壶杨梅酒。我们吃鱼,喝酒,聊天,悠闲自得。雨滴打在窗外的灰瓦上"叮当"作响!

我们聊生活,聊工作,说得意的或失意的事。烦恼消失,倍觉开心。我们彼此都不由发出感慨:人生有知己,有酒吃,真好。

还记得某个冬夜,忽听到外面飘起了雪花。一个人枯坐家中,觉得辜负了这飘雪的夜晚,觉得应该做点什么事才好。又想起白居易的那首诗:"绿蚁新醅酒,红泥小火炉。晚来天欲雪,能饮一杯无?"于是,打电话给朋友,下雪了呢。我们吃夜宵去。

好,就来。

雪下得很大。只听得四周是雪的声音:"沙沙沙,沙沙沙……"我觉得这是最动听的旋律。我撑着伞,拿着一瓶自家酿的杨梅酒朝夜宵摊走去。

夜宵摊因为下雪的缘故,生意特别冷清。我选了张靠近门口的桌子,这样好一边吃东西一边赏飘雪。一会朋友也来了。我们围炉而坐,点了嗦螺、干牛肉、土豆丝、花生。我们倒上杨梅酒,琥珀色的酒散发着热烈的光芒。这样的雪天,适合吃酒驱驱寒。就是不为驱寒,为这样美丽的雪花也是值得吃一杯酒的。

我们自斟自饮,闲话家常,悠闲自在。而门外,大朵大朵的雪花正从天而降,好像就是为了让我有这样一个夜晚而特意下一场雪一样。我觉得很浪漫,好像从来没有这样浪漫过一样,虽然是在简陋的夜宵摊里。

现在,我明白了当年父亲和朋友吃酒时常说的那句话:"醉翁之意不在酒,在乎山水之间也"。原来,这就是酒之趣。

等雪

阳光从树缝间落下来，炫目，耀眼。我手搭凉棚，望着蓝天，哪个时候才会下雪呢？

其实也不知道，为什么渴望下雪。下雪的时候，去菜园里拿白菜萝卜，要背一张锄头去。洗菜的时候，手一碰水，那寒意就侵入骨髓，宛如上万只蚂蚁在咬。咬得心慌慌的，连牙齿都感觉到了痛。一双手从水里抽出来就成胡萝卜了，十指胀痛，无论含在嘴里，还是放在膝弯里都觉得痛。

其实这样晴朗的天气才是最好的。大家可以坐在窨子屋的墙根下晒太阳，聊天，款鬼话，款在我们这里就是讲的意思。那些姑娘和嫂子们则坐在墙根下织毛衣，纳鞋垫，剪鞋样，做布鞋，不会感觉缩手缩脚的。但是，我们小孩子得去放牛。要是下雪了，牛就关在圈里，我们就有属于自己的时间了。比如，我们可以去德思伯家里烤火听他款鬼故事。

德思伯是个瞎子，他的妻子从小得了残疾，走路一瘸一瘸的，右手总是反在身后，手指蜷曲伸不开，说话也不太清楚。但还能伺弄田地，只是比其他人要艰难一些。她是一个很坚强的女人。德思伯的弟弟得了"青光眼"，走路都得摸着墙壁走。即使这样，他也摸着去山上砍柴。冬天来了，有的大人就对孩子说，这天冷起来嘎，给你德思伯送点柴去。于是，有人直接就把从山上砍来的柴倒在德思伯的院子里。

德思伯有两个女儿，大的叫辣妹子，小的叫小辣妹子。虽然他们一家的生活异常艰难，但两个女孩和我们一样，健健康康、无忧无虑地活泼成长。

无论大人小孩都喜欢凑在他那里向火听他款鬼故事。瘦小干瘪得像核桃的德思伯闭着眼睛，皱皱巴巴的脸安静下来。于是大家也安静下来，屏住呼吸，等待着从他紧抿的嘴巴里冒出一个骇人的鬼出来。屋子里只听到柴火"噼啪"的声音，橘黄色的火光殷情地舔着大家的脸。

德思伯的鬼故事里永远有一个主角，那是一个傻瓜。傻瓜记性不好，所以别人交代的事，他总是一秒钟后就忘记了。有一次，有人交代他一件非常重要的事，让他一定记住别忘了。于是，他一路上不停地重复那句话，结果不幸又遇上了鬼，被鬼追得跌了一跤，又把刚才念叨的事忘得一干二净。他没办法只好回头去找那鬼，问，鬼，你追我的时候我说的话，你记得么？

哈哈哈，哈哈哈。前一刻被吓得往火箩角落里缩的小孩子都轰然大笑。我透过德思伯家雕花的窗子，透过茶堂屋的门，看见院子里的雪花就那样慢慢地下。我于是觉得这下雪天真温暖，以至于很久很久我都没法忘记这些场景。

所以，下一场雪吧。

下雪的早上，房内亮堂堂的，窗外异常沉寂。我跑到木格子窗前，踮起脚尖，伸长脖子，往外张望。屋顶白了，屋檐后面的远山白了。噢，下雪咯。

我迅速穿好衣服、鞋袜，然后小心翼翼地爬下楼梯。墙头覆盖着的雪，像一条白色的棉绒绒的围巾。忍不住想摘下来围在脖子上。后来想想还是算了吧，围上了得多冷啊。天井边的花缸滚了一道毛茸茸的边。花台里，一夜之间长出了形状各异的白叶子。水沟结了冰，像盖了一层毛玻璃。大人们都在忙早饭。对于雪，他们哪里会像我们小孩子一样惊喜呢，直说，下雪天，冷死嘎。可是老屋里的孩子们听说下雪了，兴奋得很，都赶忙起床。

唉，可是现在还不见雪的影子。

也许是时机不成熟。一场大雪是需要好好酝酿一下的。先是下雨，雨也不是很大，就那样漫不经心地飘着。屋檐下吊着长长短短、粗细不一、晶莹剔透的冰挂。手伸出来，痛；走几步路，耳朵像刀割一般；脚趾尖尖是冰的；离开一下火炉，就瑟瑟发抖。到山里的人说，山上的树木叶子都被冰构住了。

那么这个时候，雪就要来了。先是下雪珠子。豌豆大的雪珠子，乒嘟乒嘟，乒嘟乒嘟，打在瓦背上。像有谁在天上往地下丢珠子；又像武林高手在屋顶上决斗，刀剑齐鸣；也像有千军万马在作战，厮杀呐喊声一片。

我知道雪就要来了。它可能会在一个安静的夜晚，沙沙沙，沙沙沙，唱着一支轻柔的夜曲，融进黑夜里。

它也可能会在一个下午，天地灰暗，漫天雪花从天而降。大朵的，小朵的，细如米粒的，轻如尘埃的，交错着，旋转着，忽左忽右，填满了天地。它们飘落在瓦背上、青石板上、柴堆上、枯萎的瓜棚上、碧绿的油菜上、田埂上、马路边的树上、山坡上……

一天一夜的雪就足够给我们一个银装素裹的世界了。大地上，一切裸露在外的事物都变成了白色，有的盖上了一床柔软的被子，有的穿了一身素色的衣服，当然有的只得一条围巾。雪依据各人的身形为它们量身定做了服饰。

我戴着那顶有两条长长带子的小红帽跟着喜红、艳萍、荣来他们来到河滩上。偌大的河滩铺了厚厚的一层雪，我们尖叫着扑向它的怀抱。此时的小河，水流缓慢，声音沉闷，水色灰暗。它可能是被冻着了。

　　喜红弯着腰在滚雪球。雪球有篮球那么大了，有磨盘那么大了。她越推越吃力，脸蛋像个红灯笼。我们追上去，一齐滚动着雪球。雪球所过之处留下了一道宽宽的车辙。河滩上的一些石头露出来了。雪球快有水缸那么大了。我们推着雪球在河滩上来来回回地滚动，手指冰得快要断掉了，鞋子也湿了，可身上却在冒汗，脸红扑扑的，心热乎乎的。雪球终于像个巨人一样高傲地屹立在我们面前，我们变小了。我们抬头仰望着这一杰作，拍手哈哈大笑。

　　冬天，对于小孩子的意义，也许只是为了等一场雪。

　　下雪吧！

笛声

夜晚读诗,读到李白的《春夜洛城闻笛》:"谁家玉笛暗飞声,散入春风满洛城。此夜曲中闻《折柳》,何人不起故园情。"我的视线变得模糊……

寒冬。

北风在我们的田野上肆意地嚎叫。电线被吹得呜呜作响。夜晚的村庄是寂静的,连那些狗也不知道躲在哪里避寒,没有一点声息。

就在这时,一声笛音如剑出鞘,划破沉沉黑夜,随着北风传到很远的地方。断断续续、生硬又生涩的笛音一会长一会消。这是梅的二哥在学吹笛子。也不知道他是从哪个晚上开始的。自此,每天晚上我们都会听到这样的笛声响起在田野的上空。先是简单的"哆啦咪发索拉西哆",一声一声,单调又孤寂,像个槌子捶打在听者的心上。

此时,梅的二哥高中毕业在家务农。每天和田地山坡打交道。日出而作日落而息,枯燥又辛苦地劳作着,找不到别的出路。现在回想,那在寒夜里忽然跃起的笛音是一种寂寞、凄清,是一种慰藉、希望。

在我家的柜子里，有一盒笛子，大大小小长长短短有那么七八支。年幼的我问爸爸：爸爸，家里那么多的笛子，你会吹么？

爸爸说，当然会吹。我读小学的时候是学校宣传队的呢。这个我知道。家里有张老照片，照片里有十来个人，有的做吹笛模样，有的做拉二胡的模样……爸爸那时才十来岁吧，稚气的他打着赤脚，和别人并排坐在条凳上，左手里拿着一面铜锣，右手拿着一个鼓槌。

爸爸，你吹笛子给我听。

好——。爸爸把"好"字拖得长长的，把那个三声说得饱满又准确。

我爬上楼梯到奶奶的房里，打开柜子，搂着那一盒笛子跑回茶堂屋。爸爸挑选了一支笛子，说，笛膜破了，吹不了了。等我明天找来笛膜哒。

第二天，爸爸真的找来了笛膜。我们围在茶堂屋里的火炉上，听爸爸吹笛子。我早已记不得爸爸当年吹的是哪支曲子了。但是，这以后，再叫爸爸吹笛时，他不肯了。爸爸白手起家，做了栋新屋，欠了很多的债。爸爸脸上的笑容渐渐地越来越少。

我常常在静静的午后，爬上楼梯，走进奶奶的卧房，打开柜子去看那盒被遗忘的孤寂的笛子。我有时也抽出一支，放在嘴边，学爸爸吹笛的样子。可是，那"呼呼"的声音是那么空洞。某处一只大公鸡在午后的阳光里"喔喔喔"地叫着，我的心也忽然觉得很孤寂。我放好笛子，盖上盒子，放进柜里，再也不去碰那些笛子。

许多年后，爸爸忽然对我说，我想买一支好笛子，有空也吹吹。那一刻，我忽然心酸极了。曾经，那支小小的竹笛，被那生活的重担压碎了。它，载不动许多苦。

在月梅娘娘的家里，也有一支笛子。冬天的夜晚，吃过晚饭，德久伯就摘下挂在壁上的笛子，擦拭后就开始试音，"索拉索，索拉索……"伯伯因为这个，多了个绰号——"索拉索"。月梅娘娘有时候找不到德久伯，逢人就问，你看到我家索拉索吗？

冬天的夜晚，乡下没有电视可看。吃了晚饭，大家就经常去邻居家串门。我最喜欢到月梅娘娘家，她家的火炉火总是烧得旺旺的。晚上停电了，火炉头的餐桌上就点着松树块，熊熊的烈火把黑暗逼到角落里去了。

德久伯吹笛，娘娘则拿着一双筷子，边唱边有节奏的敲打着鼎罐盖。记忆最深的是唱《正月里来是新春》。娘娘张开嘴，尖细的声音就在茶堂屋里传开来。听着她唱的歌，我们小孩子就憧憬着新春快点来临。新年里有新衣服穿，有香香的瓜子嗑，最重要的是有香喷喷的腊肉吃。

可是，那时的我们却不知，一到年关，大人们却很为难。我们朴素的父母们，无论多么努力，家里永远都缺钱。他们努力地在地里刨山上挖，辛辛苦苦攒钱，却供不了一家人的开销。可是，生活没有让他们绝望。他们反而更加努力，因为对他们来说，生活的全部美好就是孩子的健康成长和家庭的兴旺。他们朴素地希望着也相信着自己的孩子有朝一日不会过他们这样辛苦的日子。就是这样的信念，支撑着他们苦度难关。

我依然记得那火光在每个人的脸上跳跃，而每个人的脸上写满了笑意。那一刻，寒冷与生活的艰辛全都被这笛声拒之门外，留在人们心中的只有温暖，只有快乐。

在那岁月里流转的笛声，是苦中的一丝甜，是寒中的一点暖，是寂静中的一缕动，是岁月里一支永不消失的歌。

官舟是我一个人的

他们都不知道，官舟是我一个人的。

我了解在村子里生活的他们就像了解我的掌纹一样清楚。每天早上，有的张罗着给上学的孙儿们做饭，有的把鸡圈打开释放关了一夜的鸡，有的打开鸭笼赶着鸭子去河边，有的趁阳光不热去菜园里忙一会，有的去田野里看水看禾苑，有的就在村子里闲逛，像我一样。

回到官舟，时光就倒流。我还是那个在田埂奔跑、在河里玩耍、在巷子里飞的少年。一进入官舟，我就到处跑到处看到处玩到处听到处嗅嗅：那堵屹立在六百年时光里的高墙，飞檐翘角，直指蓝天，高大巍峨，似凌云之志；宽阔的田野里，碧绿的禾苗静静地拔节，时有白鹭从中飞起，发出哗啦的声响，搅动田野的静谧；空气里有禾苑散发的清气、辣椒的泼辣、豆角的生涩、包谷的香甜；阳光里有蝉的嘶喊、燕子的脆响。那河岸上新修的水泥路上，叔伯、娘娘们慢悠悠地聊着天散着步，看见我就会说起一些事：那些孩子们小时候顽皮的事，那些逝去的人的事，还有现在活着的人的事。他们都帮我好好记着。只要我回到官舟，我就能知道我离开的这段时间里,我的官舟发生的所有的事。

他们替我守护着官舟,即使在这喧嚣的时代,他们依然保护着官舟的宁静与纯净,并替我深深地喜欢着官舟的宁静和纯净。

傍晚时分,长中叔和长中娘娘从我生活的那个小城回来。娘娘大声地说,你们评评理,这世上哪有哒样的人。才进屋坐了不过一分钟,他就讲,我们早点回去。我那个孙子也吵弄噶。呆家里呆不住,去超市呢又哇哇大哭。真的是有哒样的公就有哒样的孙。

长中叔双手抱在胸前,面对碧绿的田野理直气壮地讲,城里有什么好玩的?回到了官舟,他说话的声音都有了力量。我就觉得官舟舒服。这里空气清新,又安静,又不热,又好玩。关键是自在!长中叔好像是说给田里绿油油的禾苗听一样。

我毫不掩饰地得意地笑,我很放心把我的官舟交给他们。

大家见到我们回来,第一句话是,回来啦。好像昨天我们才离开一样。第二句话就是,园里有辣椒、豆角、茄子,自己去寻就是。早上醒来,或者傍晚时分,我们会忽然发现围墙上放着一把豆角,一把辣椒,或者一把嫩嫩的薯叶尖……

是的,还是我的官舟,那个永远淳朴的官舟。无论时光飞逝,时代变迁,但一些东西永不变:那是深埋在骨子里、流淌在血液里、扎根大地上的东西。我用四十年的时光做了考证。

我承认自己是从那个喧嚣的小城逃到这里来的。我时常感觉自己像浮萍像转蓬,无处扎根。又像一只受惊的鸟,风吹草动都可以惊扰到我,让我惶恐不安。

于是,我来到了官舟。

爸爸曾经对我说,你栽根迟,十四岁才像一棵树一样栽根土壤。所以,我隔一段时间就必须回到栽根的地方,必须呼吸从这土地里的草木间长出来的空气,喝这土里渗出来的水,吃这土里种出来的蔬菜和稻米。

那样的我才有力量，才有了和生活较量到底的勇气。

我需要他们，还有它们。

它们构成了山水田园、花草树木，它们是虫鱼鸟兽，是鸟鸣是空气，是天空厚土流云，是金黄碧绿深褐，是生机亦是萧瑟，是深巷老宅，是青砖青瓦青石板，是木雕窗花，是功名桅子岩，是族谱家谱，是祖训家训，是官舟六百年厚重的历史。它们构成了官舟的一大部分，替我守护着官舟，使得它永远灵动、生机、明秀、深厚、儒雅、端庄。

它们为我送来春的芬芳、夏的安谧、秋的丰硕、冬的冷静，以及源于古村的书卷气质。无论我在什么时候回来，它们都等我在官舟。它们有的留下最后一朵花等我，有的留下自己的根等我，有的留下了一粒种子等我，有的化作尘埃徘徊在官舟的上空等我，有的用自己生命替换的季节等我……

现在，它们以明媚的模样等候着我的到来。我清早起来，头发来不及梳，趿拉着拖鞋就奔河边。清凌凌的河水哗啦啦地响。我仔细听听，嗯，还是小时候听过的小河流水声。我把脚伸进河里，这夏天官舟的河水冰凉凉的。嗯，还是小时候的感觉。河水像匹缎子温柔地缠绕着我的脚，惬意的清凉从脚底升起，灌注全身，顿时筋骨舒展，脉络通畅，头脑清醒，连发梢都是清凉的。

阳光照着清凌凌的河水、湿漉漉的村子，还有河边的那棵老樟树。太阳将我的官舟蒸腾成仙境。我把这些拍成一张照片发给远方的朋友，他问，这河水真好。哪里的河？

湖南省怀化市会同县团河镇官舟村胡慧玲的河。这些字跳跃着舞蹈着炫耀着奔向朋友。

嗯，是的，我的河。无论水流多快，无论水去哪里，河是我的。它是我的乐园、我的韶光、我的友谊、我的文字、我的天马行空无人理解的妄想……还有那河的对岸还站着曾经一起上学的改香和伙伴。每天晚自习后,八点左右,他们就站在河岸送我过河。电筒的光柱齐刷刷地照耀着河面,在黑夜里给我开辟了一条光之路。

我忽然泪眼婆娑。改香,无论你去了哪里,河在这里,我在这里。这是我的河也是你的河。

我深深地凝望着明媚的官舟,深深地呼吸这明媚的空气,我身在这里仍然深深地想念官舟。官舟,我的骨血里回荡着你的轻响,我的梦里尽是你的根。在你的怀中,我自由得像田野翻飞的白鹭、空中轻掠的燕子,不不不,更像天上的云、山野的风、河里的水、清澈的空气,以及不被驯养的小马驹……我是你的,你是我的,我们彼此不分离。

在我的官舟,我是甜蜜的。

在我的官舟,我原形毕露,因为我是这里的王!

过河

我们这两个村被一条小河划开,从高处看,有点像太极的图案。我们村在上游叫上官舟村,改香的村子在下游,叫下官舟。

那时候,我爸在下官舟村教书,我也跟着到了那里读书。于是我认识了改香。我老觉的改香的名字怪怪的,觉得这个"改"字和"香"字根本就没有什么关系嘛,还不如杨小花、胡苹果这样的名字好听呢。一个好看,一个可口。

每天下晚自习,我们几个就沿着路边的水渠前行。那水渠边的树木都变成了一团一团的黑影。风来了,黑影就动,像鬼一样。

我们经过了一座小木桥。改香家就在这附近。她家有个大大的院子,庭院中间有一棵伞状的矮矮的无花果树,院子四周有桃树、梨树、李树。春天来了,院子里就特别热闹。

我第一次去她家时是不受欢迎的。靠近她家,一大一小两条狗朝我们奔来,它们仰着头,一齐朝我叫,边叫边呲近来。我躲在改香的后面,不敢乱动。王子,花子,瞎了你的狗眼了,见到我都叫?改香朝两只狗斥骂，顺手捡起路边的一根棍子作势要打它。那只小点的狗叫王子，它扭头就跑，走几步又回过头来叫两声，脖子上的毛一颤一颤地动。另一只狗花子则识趣地跑到一边，打个哈欠，看着我。后来，我经常去改香家，它们和我熟了，每次见到我，就会跑过来迎接我。

改香经过她家院子门口没有回家。每次我爸没有晚自习提前回家了，她总要送我到河边。那两只狗听到响动，在李树下叫。改香训斥道，王子，花子，莫叫，回去。它们听到改香的声音就安静下来。王子却从暗地里跑出来了，跟着我们往前走。

其实论辈分，我该喊改香做姑姑。但是，她太没有姑姑样了。她有两张薄薄的嘴唇，听大人说，嘴唇薄的人可会说话了。难怪我从来就没说赢过她。即使说赢了，在她的"暴力"逼迫之下，我只得乖乖向她低头认输，喊她一声"姑姑"。

我还常常看见改香和妈妈吵架。有天中午，她像兔子一样从茶堂屋蹦出来，接着看见她妈妈的头和一只脚伸出门外，另一只脚还没来得及抽出来时，改香妈妈就扬起手中的鞋子朝改香扔去，嘴里骂道，我怎么养了你哒样的死女，日日和我作哇。我们这里作哇就是吵架的意思。

只见改香扭头朝她妈妈大喊，我还怪你呢，没经我允许就生了我下来。生下来就生下来了，还把我生成这个样子。

改香妈妈用手背揩了一下鼻涕，叉着腰，气愤愤地骂她，你个死女，气死我了。你冇要回来了你。

我要回来呢。改香毫不示弱。改香妈妈听了这话，低头四处寻找什么东西。她赶紧朝我招手，喊，快跑。于是，我还有王子、花子都跟在她后面慌慌张张往前跑，只听得背后传来什么东西掉地上，发出"哐"的声响。

改香怨妈妈把她生得丑，是因为改香姐姐长得漂亮，就像院子里的桃花一样美。但改香却有一脸的雀斑，大饼脸，上眼皮有点浮肿，眼睛老像睁不开一样。头发少,细又黄,典型的黄毛丫头。所以,她老和姐姐作对。姐姐呢奈何不了她。她跑得快嘛,打也打不着。

不过,她对我很好的。我总结了一下原因,肯定是因为我们两个"志同道合"。比如她吃腌辣椒我也跟着她吃:到别人的菜园里偷几颗辣椒,在水渠里洗一洗,拿出早就备好的盐,掰开辣椒,沾上盐,就往嘴里送。刚刚成熟的辣椒嫩嫩的,辣味还不是很厉害,又辣又咸又鲜,好吃。

她爱吃牛皮糖,我也爱吃牛皮糖。她常带我去学校对面做糖老头那里买牛皮糖吃。牛皮糖沾着一粒粒白芝麻,又香又甜又有韧性。每次都要卖糖的老头把那块只有两指宽、小指长的糖,分作两份,那份大的永远是给我吃。我有时不过意,她就说,姑姑的话都不听了?找死啊你!你瞧,她说话总是这个样子。

我们经过一些人家的屋门口,大人们摇着老蒲扇歇凉。见到我们,总会问一声,下噶自习啦。我们便应道,嗯啦。

我们又过了一座小木桥。我看见月亮掉水渠里去了,明晃晃的光随水浮动。过了桥就到了"大冬咕"的家门口。

"大冬咕"家的围墙是捡河滩上的圆的、扁的、椭圆形等各种形状、各种颜色的石头掺着黄泥巴砌的。墙上面还养了爬山虎,夏天的时候,碧绿绿的一道墙,很好看。"大冬咕"是个哑巴,弱智,背有点驼,一年四季穿一件蓝色的布衣。每个晚上,他听到声音,就会从屋里出来,站在院门口,朝我们喊,呃,呃,呃,嘿嘿,嘿嘿,呵呵,呵呵……他永远是笑着的,当他张嘴发出声音的时候,口水就从嘴角流出来,顺着下巴往下掉。改香看见他,总会大声地问,大冬咕,吃噶夜饭吗?大咚咕就呃呃地应几声,算是回答。

月亮也到了河边,清凉的河风吹在脸上特别舒畅。我看见河对面村子里的灯光像星星一样闪烁。

河水深浅不一。浅的地方到脚踝处，深的地方，到大人的腰间。白天过河，没事。晚上过河，面对哗啦啦的流水，我的脑袋瓜子充满了无限丰富的想象：四处游窜的水蛇会不会撞上我的腿？那住在水里的水鬼会不会来拉我的脚？横冲直闯的螃蟹会不会用它的大钳子夹我的脚趾头……

我要过河了，王子摇着尾巴仰头望着我。流水清凉，像绸缎一般柔顺，但它老想扯住我的脚。他们打开手电筒，唰！几道光柱刺破黑夜，照着我的脚下，推着我向前走。我走到河中央，背后传来改香的声音：莫怕，我们看起你呢。

我往前走，隔几分钟又听到改香的声音，莫怕，慢点，我们在这里看起你呢。

我上了岸，大声对他们说，我到岸上了，你们回去吧——。

哦，我回去啦——，你快回家啊——。她大声回答我。

漫天的月色打湿了我小小的心，我就头也不回地往灯火闪烁的村子跑去。

看电影

  今晚要放电影呢。夏天的傍晚，小伙伴相互转告这个消息。村子里并不是经常放电影的，收亲、嫁女、做寿或过春节的时候才有电影看。每当这个时候，那些奶奶就托人送信给那嫁到外村的姑娘，喊她们回来看戏。于是，那些姑娘就和姑爷们穿着簇新的衣服回来了。几姊妹凑在一起，有说有笑，一家人喜气洋洋的。

  我看见胡伢子叔叔在屋门口倒片子。他的身边早围了一圈小孩子了。呜呜呜，呜呜呜，两个手指宽的带子从一个圆盘转到另一个圆盘。我赶紧跑回家，从八仙桌前扛一张长凳子，往四队晒谷坪跑。

  晒谷坪里摆了很多凳子。有的正在抢位子，你把凳子挪过来一点，他也把凳子挪过来一点。两个人眼睛鼓鼓的，脸色通红，两颗小脑袋相互向着，像是要决斗的小水牛。

  西边山坡上，那一轮圆圆的太阳，像个橘子一样悬在山头。而月亮淡白色的影子出现在那东边山坡上。我转身往家跑。翠香奶奶坐在家门口择菜，过路的问，你喜妹子回来噶吗？

回来噶。我喊他们回来看戏哒，哈哈哈。

那个时候呢，姑爷欢欢喜喜地陪着喜妹子姑姑坐在火箩头炒南瓜子。那南瓜子是平时积攒下来的，晒干，用个袋子收着。过年或者看戏的时候拿出来炒燥，喷香。

我欢快地跑回家，奶奶，奶奶，快做夜饭，我们早点吃夜饭好去看戏。

好咧。

我发现娘娘们都在做夜饭了。今天，她们早早地从山头田里菜园回来了。

吃了饭，洗了澡。我们穿着干干净净的衣服看戏去，就好像去赴一场盛宴一样。经过宗义太公和先维满公的代销店，是一定要买一筒瓜子的。量瓜子的是两个细长的竹筒。一高一矮，矮的有一个手指那么高，五分钱一筒；高的两个手指头那么高，一角钱一筒。看电影的时候，你会听到晒谷坪里有一种声音，像有人在翻晒得极干燥的油菜籽，哔哩啵咯地响，那是大家在嗑瓜子发出的声音。

"万人空巷"这个成语用在看电影上面是非常准确的。大大小小、弯弯曲曲、宽宽窄窄的小巷没了人影，没了声音。连狗啊猫的都到晒谷坪凑热闹来了。宗义太公也把瓜子和糖果挑到这里来了，他把担子放在人群的右前方，把瓜子倒在小小的簸箕里面，两只竹筒摆好。然后他坐在竹靠椅上，慢条斯理地摇着老蒲扇。

电影还没开场，小孩子到处跑。在这样的场合，遇见自己的同学，竟然好像老友久别重逢一样。

咦，你坐在这里啊。

嗯啦，你坐哪里呢？

前面一点。我带你过去看看。于是，从一排排人面前挤出来，又挤进一排排人里，指着凳子说，我坐这里。

067

当放映机乳白的灯光穿透黑夜的时候,两个小伙伴就要分开了。要放戏了,我走了。要是哪个荷包里有瓜子,就会挖一挖瓜子送给对方,瓜子给你吃点。

嘭!在你不注意的时候,忽然后面传来这么一声巨响,吓一大跳。那炮是村里年轻的哥哥叔叔们放的。等你捂住耳朵,以为他们又要放一个时,他们却久久没有动静。双臂都抬酸了,等你放下了,却又"嘭"地响了一个炮,讨得大家一顿骂。他们反而高兴地哈哈大笑。他们一般不拿凳子,就围在电影机旁边,或者站在后面,和村里的大姑娘说说笑笑。

乳白色的光束打在幕布上。一只"狗"出现在幕布的左下方,右下方又来了一只"狗",两只"狗"相互撕咬起来;幕布中间忽然飞来一只"老鹰",两只"狗"都仰起头看。"兔子"也来了,"蝴蝶"也来了。坐在前面的小孩子,够不着那光,有的跳起来,有的站在凳子上,挥动着两只手,哇哇大叫。

此时,月亮静静地挂在天空,静静地看着我们。萤火虫提着灯笼在我们头顶飞。电影马上就要开始了,迟来的家长大声地喊自己的孩子,问他们在哪里。人群中就有很响的回答,在这里,我在这里。

当咣咣咣的声音响起时,幕布上就出现了诸如"八一电影制片厂"之类的字样。这声音一响起,人群渐渐安静下来。所有的人仰起头看幕布,像被什么提起来一样。四周静了下来。

我们完全把自己交给电影,情绪跟着它起伏。看《抓壮丁》,大家笑到肚子痛,眼泪流,甚至喘不过气来。只觉得嘴角酸痛、喉咙痛、额头和太阳穴痛,得用手揉揉。

看《渡江侦察记》,全场陷入一种紧张的氛围,我们为那解放军揪了几多的心;听到冲锋号响起,我们又心潮澎湃,恨不能冲进去杀敌。

看《画皮》,内心几多恐惧。鬼在房间里卸妆,慢慢地要转过头来……我小小的心脏揪得紧紧的，赶紧闭上眼睛，手也跟着捂上去。但是又忍不住不看，轻轻打开手指，透过小小的指缝，恰见了最恐怖的一面，吓得赶紧闭眼，收拢十指。人群里也发出唏嘘的声音。看了这《画皮》，很长一段时间都不敢一个人去暗地里，也不敢一个人往窗外看，怕看见恐怖的鬼脸对着我张开大嘴嘿嘿笑。

电影给小村带来很多信息，那些信息都贴在姑娘们的头发上、服饰上、鞋子上、言语里。电影也让我们开始向往外面的世界，崇拜英雄侠客，连提到他们的名字都觉得自豪。

电影结束，人们像河流一样涌进各条巷子，涌进巷子深处的各户人家。

我们推开厚重的大门，嗡——，大门在见到我们时那紧绷的弦松弛了下来。月光落在天井里，花都睡了，只有躲在角落里的蛐蛐偶尔叫两声。

大家哈欠连天，窨子屋里到处传来开门、关门的声音。我躺在床上，看见月色透过格子窗洒在奶奶的梳妆桌上，眼睛渐渐迷蒙起来……

天井故事

窨子屋里有一口四方的天井,对着中堂屋的一面是高高的围墙。围墙根依墙砌了花台。花台中央是一口大水缸。奶奶说,那是用来浇花和防火的。大水缸里一年四季都蓄着水。我看见水缸边缘长满了青苔,水面上覆盖着绿色的浮萍。你根本看不见水底。有时候会有只青蛙住在里面。看见它在水面游过,身后留下一道痕迹。但浮萍马上又合拢来把痕迹覆盖了,好像刚才什么都没有发生一样。

春天,我们会在花台撒下指甲花种子。这种花单瓣,粉红色,在我们村庄随处可见,像村庄的女儿。

三月,上山的伙伴或大人们会把从山间采来的兰花栽在花盆里。风过处,有幽幽的兰花香。大人小孩都会使劲吸吸这香气。

夏天,花台上那株很大的夜来香开花了,花型像金色的小喇叭,香味很浓。一到晚上,那些小喇叭就滴滴答答地张开小嘴奏起乐来,活像一支乐队。不过,这支乐队绝对毫无纪律。你看,它们东倒西歪,有的朝东吹,有的朝西叫,有的朝天喊,有的朝下嚷。我想那个乐队指挥肯定一到傍晚就焦头烂额。

　　窨子屋里的每个人都会照顾那些花草。我们还向同学讨要花种子或者花苗。只为装点那方小小的天井。

　　天井三面是水沟，下雨天，瓦檐水就掉落到里面。隔一段时间，大人们就会清理一次。天井铺着大块的青石板，青石板清凉，我们喜欢赤着脚，坐在石板上和伙伴玩跳石子的游戏。"哒"，这是石子碰撞石子发出的声音；"啪"，这是手中的石子放到地上发出的声音。我们跳石子的声音在安静的窨子屋里格外响亮。我们会把石子抛得老高，大家张着嘴巴，仰起脖子看它往上走，然后又慢慢低头看它落下，底下一只手早就张开着，等着接住它。

　　妈妈们洗衣服的时候，也喜欢把洗衣盆搬到天井边，边洗衣服边聊天，"唰，唰，唰……""唰唰唰唰，唰唰唰唰……""哗啦哗啦，哗啦哗啦……"不同节奏的刷洗衣服的声音回荡在天井上面，窨子屋的时光都变得格外宁静了。

　　我们小孩子会找个小瓶子，向妈妈讨点洗衣粉，和水搅拌直到溶解出现很多泡泡。这是我们的小游戏——吹泡泡。我们找来一种蕨杆，折一段，把里面的管芯抽出来；把一端放进洗衣粉水里，拿出来一吹，大大小小的泡泡从管子里冒出来，在天井里飞舞。泡泡映着阳光，犹如五彩缤纷的梦幻。我们的童年没有电视，没有电脑，却也有无尽的乐趣。

　　妈妈们提着衣服到村后的小河里清洗去了。等到她们回来的时候，太阳已经完全照在天井里，那一方阳光把幽暗的窨子屋照得亮堂堂的。

　　荣来不知从哪里找来了几块木头，他用刀子削啊削，就削出一把驳壳枪；再削啊削，就削出一把木剑了。他和弟弟站在天井里的青石板上，各拿一柄木剑比武。忽然弟弟捂着胸口，嘴里艰难地发出一声"啊"，"表情痛苦"地倒在地上。他们惹得我们咯咯笑。要是被娥香伯娘看见了，她定会跑过来，指着他们骂："哎哟，我的小祖宗诶，你们的衣服还要么？我难得洗呢。看我不打死你们。"然后折身去拿那根挂在中堂屋柱子上的竹梢子。一般等她拿到时，两兄弟早跑得不见踪影了。剩下伯娘喃喃自语："气死了，气死了。回来再收拾你们。"边说边把那竹梢子又挂在柱子上。竹梢子那是大人们治小孩的宝物，我们特别怕它。我们曾偷偷地丢过几次，但是这样的竹梢子在我们这里太常见了，丢一枝，说不定大人找一枝更大的。我们也就不再偷了。

夏天，我们小孩子会去河边捡鹅毛鸭毛，捡回来了就摆在天井边晒。等到听到巷子里传来小贩的声音："收鹅毛嘞——，收鸭毛嘞——。"我们就会端着各自收集的鹅毛鸭毛跑去卖，得到一毛两毛钱的收获。我们会存着，开学时候买点墨水，或者夏天买根冰棍。

可是天井里也不尽是快乐和宁静。某一天，青姐姐的爸爸被大家抬进了中堂屋放在一块门板上。他因为打针而突然去世，猝不及防。天井边照壁上的木板被拆下来，铺在水沟上面，天井的范围忽然变宽。唢呐响起，青姐姐和哥哥妹妹跪在地上哭，英娘娘失神地、久久地望着门板上睡着的那个人。天井边摆上了八仙桌，有的女人围坐在桌旁用彩色皱纹纸折花做花圈，有的女人在做动物形状的彩色醮粑做祭礼。天井里的热闹中有股凄凉的味道。

我们的田野

  正月尾上,旱田里的油菜正蓬蓬勃勃地向上生长。水田则寂寞着,等着开春时犁过来种早稻。田埂边上的小草开始返青。我们小孩子坐在位于田野中间的学堂里读书,读着:春天来了,燕子飞回来了……

  学堂是一栋四面有走廊的两层楼木房,没有围墙。它的前面是一块四四方方的土操坪,学堂右边是学校的菜地,菜地中间有一棵粗大的桂花树,开花时节,香气迷人。菜地过去是大片的田野,田野边缘是我们古朴的村庄。左边是我们胡家的祠堂,祠堂旁边又是田野。学堂后面则是一层一层往后面高去的稻田、公路、山坡。透过木格子窗户,我们可以看见水田里有人在告牛。告牛就是教小牛如何耕田。

  我家和喜红家众养了一头大水牛,这头牛有了一头小牛崽。去年春天,它和妈妈一起穿过油菜花开的田野时,它看见翩飞的白蝶,会仰起头去看,用鼻子去嗅,撒开蹄子去追;追不到了,又调头蹦到妈妈的身边,用头蹭蹭妈妈,撒着娇喊"嗯妈,嗯妈",声音嫩得像早春的草一样。但是,今年春天,油菜还没有开花,白蝶还睡在梦乡,它被我的爸爸和喜红爸爸牵着，站在空闲了一冬的水田边。喜红爸爸给它牵鼻箄，它挣扎，后退，头使劲往上扬，或者使劲往下压，身子则狠命往后退。喜红爸爸费了好一把力气才制服了它。爸爸把犁丫套在它脖子上，犁丫两旁是两道长长的牛缆，那牛缆是山坡上的黑壳藤扭的，结实柔软。牛缆后面拖着一段米多长的木头，木头尾巴上，栓着一根索子。小牛被上了枷锁，被喜红爸爸牵着下田。面对水田，它惶恐不已，直往后退。直到竹梢子打得紧了，它才不得已往前走了几步。爸爸捏着木头上的那条索子跟在后。小牛仰起头"嗯妈嗯妈"地叫。在春天的田野里，这声音多么凄惨。可是，妈妈被关在圈里呢，它没办法顾你啊。

初生牛犊不怕虎。小牛有的是劲头和勇气跟人斗。要它低头，它抵死不低；要它往左，它偏往右，甚至上了田埂。趁主人歇气的时候，它把头高高扬起，甩掉牛丫，从一丘田跑到另一丘田，漫无目的，惊慌失措，仰着头四处呼唤"嗯妈，嗯妈"。

可是，它终究斗不过主人，在这个春天变得温顺，低着头犁田耙田，完成了它的成人礼。那个天真烂漫的小牛不见了，一个脚步沉稳、低头走路的牛诞生了。

油菜继续往上长，碧绿绿的。开出零星的花，白蝶不知道从什么地方飞来了。当它在牛们经过的路上飞舞时，我们家的小牛没有去追它了。

春天慢慢往前走，油菜花在某一个晚上或者早上，也许是中午，哗啦，哗啦，就开了一片又一片。我们的村庄，那些青砖灰瓦的窨子屋也好像变亮了一样。谁家斑驳的围墙上，也露出了几支粉红的桃花来，或者缀着三两朵雪白的梨花了。

爸爸把浸涨的谷种从水中捞起来，放进垫了厚厚稻草的箩筐里，那是谷种们温暖的床，它们将在这里发芽。芽长谷半，就是谷种出窝的时候。它们都伸出了一条白色的尾巴，像小蝌蚪，又像睡觉的婴孩把胖胖的脚蹬到被子外面了。

爸爸已经在田里犁出一块地，划出两块平平整整的长方形，像翻开的作业本。他端着谷种，站在冷冷的水田里撒谷种。然后给它们盖上透明的薄膜，让它们在温暖的房子里睡着，等它们长大。

秧田里长出毛茸茸的嫩黄的纤细的秧苗时，爸爸揭开那盖在上面的薄膜，让它们呼吸这春天的阳光、空气、小牛的气息、人们的希望和小学校里传来的琅琅书声。它们一寸一寸往上长，叶子也一寸一寸往上蹿，日子也一寸一寸有了意思。

田野里，巷子里，总会遇到挽着裤脚，穿着草鞋，腿上粘着泥巴的爷爷、伯伯。春天要开始忙碌了。我们家的小牛清早起来，还没有吃上一口草就被赶到田里去了。鼻子上穿上鼻串，脖子上套上牛丫，身后拖着弯弯的犁，不用打，它也很听话地埋头工作，再不喊妈妈了。我们站在学校的走廊上，看见黑色的燕子在蓝天下穿梭，听到田野传来犁田的吆喝声。黑黝黝的泥土，油亮亮地翻了个身，像凝固的波浪，泥土的气息弥漫四处。沉睡一冬的土地醒了过来，水上爬的土狗子醒了过来，蚂蟥醒了过来，泥鳅也醒了过来。

这个时候，窨子屋里的小孩子就准备去扎泥鳅了。大家翻出鱼梳和火照：鱼梳是一把巨大的铁梳子，一米多长，梳齿尖尖的；火照，是一根长木棍头上绑着一个铁篓篓，篓篓用来放点燃的松树干，我们用它照明。

天黑了，我们背上竹篓，提着火照，穿过小巷，往春天的田野奔去。熊熊的火光照亮了田的一角，泥鳅们一动不动沉在水底。我们轻手轻脚地走在田埂上，看到有的地方聚了十几条泥鳅，大家欢喜得一只手紧捂着嘴巴，一只手指着泥鳅。拿鱼梳的轻轻抬起鱼梳，猛地扎进水里。当鱼梳出水后，上面就扎着摇头摆尾的泥鳅了。

临近五一，学校便放农忙假栽田。栽田的日子，多雨，冷。但大家还是会戴着斗篷，披着蓑衣，在田里忙碌。风雨从来就不能阻挡我们。

一块块水田里，那一行行禾苗，是大人们写下的作文，种上的唐诗。

油菜花在人们的忙碌中被忽视，寂寞地凋谢。花落处长出了绿针一样的须，那是油菜在结籽。等油菜籽成熟了，人们又忙着割油菜，踩油菜。晒燥的油菜槁堆放在斛桶里，人站在上面，一阵乱踩，菜籽就哗唰啵咯地炸开，落到了斛桶底上去了。这个时候该种中稻了。

整块田野一色的碧绿，连小路、水圳都看不见，只有白鹭在田间盘旋又落下。它是从王维的诗里飞出来的。

夜晚，田野里，蛙声一片，小虫子们也扯着嗓子叽叽地叫。萤火虫提着灯笼游到我们的窨子屋来了，在天井边的花丛中流连。于是，我们又跑到田野上，抓萤火虫去。

月亮亮堂堂的，银白色的田野，一片迷蒙。萤火虫真多，一簇一簇，像天上的繁星一样。不知道谁开始唱起那首童谣：月光光，亮堂堂，照着婆婆洗衣裳，衣裳洗得白茫茫，打扮妹妹进学堂。学堂门口一眼塘，一个鲤鱼三尺长，大哥你莫吃，二哥你莫尝，拿给三哥求老娘。大家应和道，求得几个？求得两个。一个会煮茶，一个会绩麻。煮的茶来客又去，客去门前摘桃花。桃花李花任你摘，你莫摘哥哥的拜堂花。蓝色的星空下，我们嘻嘻哈哈笑翻了苑。

我们就像撒在春天里的种子，给一捧土壤、一线阳光、一点水分，就活泼泼地成长开去。至于会长成什么样，开出凤仙花还是狗尾巴花，这个我们都还没有想。我们每天奔过田野，跑进学堂，在稻花香里读那时还不太懂的话：少壮不努力，老大徒伤悲。

忆夏

　　端午节过后，天气一天比一天热，这是孩子们的美好时光。
　　河面上有张着薄翼飞来飞去的蜻蜓，对面岸上的凉粉树开始结果了，草丛里长出一些无名花，木芙蓉也露出了粉红的脸。河水里，螃蟹横行，想找个安身之处；河鳅蹿动，瞬间不见了踪影；翻开石头，胆怯的小虾躲在下面；成群结队的小鱼来到人们洗衣服、洗菜的码头前凑热闹。
　　男孩子脱光衣服跳进水里游泳。一会蛙泳一会仰泳，一会潜到水里不知去向，"哗啦"一声，才发现他已到了远远的那头。
　　女孩子蹲在码头上有说有笑地搓衣服。河里的男孩们多嘴，惹得一伙女孩子不高兴了，于是引来一场水仗。女孩们齐心协力朝河里的男孩子浇水；有的连提桶也用上了，舀上一桶水，朝着河里的男孩子泼去。男孩子被水逼得睁不开眼睛，招架不住赶紧潜水而逃。于是，河面上传来女孩们胜利的笑声。
　　大人总是担心着孩子的安全，经常会看见气急败坏的妈妈们捏着竹梢子来到河边。"某某,你妈妈来啦。"先发现的大声提醒伙伴,然后看见一只"水鸭子"赶紧上了岸,手忙脚乱地捡起丢在河滩上的衣服,逃之夭夭。身后留下一串串笑声和鸭子"嘎嘎嘎"的叫声。岸上的鹅群也被他吓一跳,扑扇着翅膀"哦刚哦刚"地飞奔。

闲时,我们会沿着小河捡鹅毛和鸭毛。那鸭毛鹅毛有的落在草地,有的挂在矮矮的灌木丛中,有的顺水而流。无论它们在哪里,都躲不过我们的火眼金睛。以至于那些鸭子和鹅一看见我们就赶紧躲。在这过程中,我们常常会有意外的惊喜:会在灌木丛中发现一窝鸭蛋,会在某处草丛中发现一个大大的鹅蛋,还会在僻静的水边发现软壳蛋。

我们收集的鸭毛鹅毛放在竹篮里晒。积到一定数量,就盼着小贩上门。一听到巷子里传来"收鸭毛呢,收鹅毛呢"。我们就端着竹篮一溜烟地跑出大门。

贩子反手背着一个很大的蛇皮袋,肩上斜跨着一个黑色的皮包,另一只手提一把秤。我们团团围住他。他用秤钩钩住竹篮,然后左手提秤,右手则把秤砣的绳子挪过来挪过去。我们的眼睛也就跟着那绳子忽左忽右。秤杆一会儿往上翘,一会儿往下落,等它保持平衡了,贩子就大声地喊,三斤二两。他紧紧捏着秤砣的绳子,把秤杆放我们眼前,说,看清楚了,三斤二两。我们都伸过头去看。其实,小孩子哪里认得秤呢。

我们就说,你别卖秤呢。

怎么会卖秤呢?你们看看,一斤在这里,两斤,三斤,二两在这个地方。我们的头跟着他的手一路偏过去,看秤杆上白色的星子。他把篮里的鹅毛鸭毛抓进他的大蛇皮袋里,连夹在竹篮缝隙里的鸭毛都被他仔细拈出来,丢进蛇皮袋。

我们从他手中接过那辛苦得来的几块钱、几毛钱,心里甜蜜蜜的。

我们排排坐在窨子屋墙根下的木头上,午后的阳光安静地照在前面那蓬金瓜架上。金瓜叶绿,在阳光下,现出白乎乎的绒毛,像小孩子脸上的绒毛一样；金瓜花黄，像喇叭，明晃晃的，刺眼。阳光从瓜架上漏下来，地上斑斑驳驳的影子随风而动，倒像皮影戏。

我们村里常有个老头来表演皮影戏。我不知道他来自哪里。几张画片人，在老头的手中操纵自如。他不但要操纵皮影人，还要给它们配音。一个人倒也忙得过来。他多表演三国里的英雄，我们从这皮影戏里知道了三国里的一些人物，比如红脸关公、黑脸张飞、足智多谋的诸葛亮。我们最喜欢张飞，看到他吹胡子瞪眼睛的样子，就笑得前俯后仰，合不拢嘴。现在，几只鸡就在那皮影戏里刨食。我们耐心等待诱惑人心的声音在巷子里响起："冰棒，冰棒，五分钱一个的冰棒。"

我们买了绿豆冰棒，其实也只有绿豆冰棒买。我们小心翼翼地撕开包装纸，上面沾着的汁液，我们都很细心地用舌头舔干净。冰棒的上头是一层黑褐色的绿豆，粉，甜，冰。

当然，每人吃一根冰棒是不可能的事。有弟弟妹妹的，得平分成几份。喜红有三个妹妹，得分成四份；艳萍和艳华都各有两个弟弟，得分成三份；我买到冰棒，马上跑到家里，交给奶奶。奶奶从碗柜里拿一个饭碗来，然后用刀把冰棒分成两份，一份给我，一份给弟弟。我把我那份给奶奶尝，奶奶轻轻地咬一口，说，好冰呢！

炎热的夏天，虽然只有一小份冰棒，但一口一口舔着，看着冰棒变小，变小，最后只剩一根扁扁的竹棍。那感觉，唉，要是还能吃一根，多好！

吃完冰棒就到了中午。夏天的午后，我们都要去放牛。打开圈门，牛直奔河边。扑通扑通，一个个都钻水里去了。我们躲在柳荫下，听知了"叽哟嘶——，叽哟嘶——"长一声短一声地叹息。这声音一停，觉得日头似乎更厉害了。

河滩上的石头们被晒得滚烫，赤脚走在上面，就像踩在火子上一样，逼得你连蹦带跳地跑。整个河滩热气腾腾，犹如蒸笼。河边的黄槐花一串一串地开得正艳。金灿灿的花在碧绿的树叶中时隐时现，正是它们的美好时光。

　　河岸边是大片的草地，那里绿草茵茵。我们把牛儿赶在那儿吃草。自己呢则躲到灌木丛里玩打敌人的游戏去了。我们折了河边的芦苇，编成手枪；折断灌木，剥下树皮做腰带；折下柳条，编成草帽；然后，分配角色开始游戏。我们沉迷游戏，竟忘了正事。调皮的牛趁机跑到河堤内吃肥美的禾苗去了。那可免不得挨一顿骂。

　　夕阳下山，霞光落在河面上，金灿灿的，随水流动，一闪一闪的像谁往水里洒了金粉。这时，你会看到一些鱼儿跳出水面，"噗通""噗通"，银光一闪就不见了。我们用石子打躺在水里不肯上岸的懒牛，边打边吆喝着："你上来么？你给我上来。"牛对此充耳不闻。直到石子变得急促了，牛才极不情愿地从水里拖出它那庞大的身躯，慢吞吞地朝岸上走来。到了你跟前，它尾巴一甩，身子一抖，水就全甩你脸上身上，好像对你刚才的行为表示不满。你捂着脸擦水珠生气的时候，它已经若无其事地朝前走了。

　　暮色上来，宽阔的田野里氤氲起一股薄雾。月亮从东边山头慢慢升起。小河"哗啦啦"地唱着歌，永不停息，日夜赶路。我们也不知道它要去哪里。柳树上的知了还在不知疲惫地喊着："叽哟嘶——，叽哟嘶——，叽哟嘶——嘶——"

多少回忆烟雨中

　　五月，窨子屋天井上面的那方天空像被谁捅了一个窟窿，天河里的水哗啦啦往下倒；三面的屋檐水形成了三道亮晶晶的水帘，闪着光，唱着歌。空气中氤氲着泥腥味。那是天井边的水沟被雨水搅动了，压抑在里面的气味趁机跑了出来。我想它们一定是很开心的，就像被关在笼子里的鸟，忽然放飞天空一样自由吧。它们若会说话，肯定会这样喊，呃——，我们终于出来咯，出来咯。它们肯定像孙悟空一样翻着筋斗，驾着云，满屋子乱窜，把窨子屋一到雨天就会有的霉味、潮湿味也搅和出来了。我不喜欢这味道，我喜欢天井边的花香，喜欢窨子屋里的米饭香，喜欢叮叮当当菜勺碰撞锅子散发的菜香，还有火笼里烧红薯散发出的甜香。

　　下雨了，谁都做不了什么。大人们也闲着，坐在中堂屋里东一句西一句地聊天，说着这雨，谈着阳春。因为雨，他们得以安心地休息。

　　这雨一下，山里的杨梅就落了。不知道是谁说起了杨梅。

　　杨梅被雨水一泡，味道就淡了，不好吃了。

　　娥香娘娘说，我去年砍柴的时候，在万福山看见一棵杨梅树。摘了几颗尝尝，蛮甜呢。等冇落雨噶，去那里看看。

  我听到杨梅，口水就源源不断地涌出来，我使劲咽了几口。现在正是杨梅成熟的时候，每年这个时节，窨子屋里的伯伯、娘娘，还有喜红、艳萍她们都会上山摘杨梅。但我个小，瘦弱，走路慢，又不会爬树，加上爸爸说杨梅树太脆，每年都有人从杨梅树上摔下来，所以坚决不许我上山摘杨梅。我只能从夹杂在杨梅里的叶子，知道杨梅树上长满了油光发亮的碧绿绿的叶子；从他们的谈话中，想象绯红的杨梅一摞摞地挂在树上；从他们的神态中，幻想他们坐在树上吃杨梅吃得牙齿发软，吃到打嗝为止……唉，我多想去看看那些杨梅树，我还从来没有摘过杨梅呢。

  我托着腮帮遗憾地想。身边排排坐着喜红、艳萍、熊猫。我们看那雨水打在花缸里，打在夜饭花的枝干上，打在手指壳花花瓣中，打在兰花修长的叶片间；看那雨像一支支箭射在青石板上，落在水沟里，打出一个个亮晶晶的水泡，溅起一朵朵剔透的水花。

  荣来带着斗篷从大门口进来了，青石板上留下了一行脚板印。他把斗篷摘下来，用手使劲一甩，地上就留下一道水印了，中间粗，两头细，像一根织毛衣的竹签子。他站在瓦檐下，把右脚伸到瓦檐水里冲洗，洗干净了。又伸出左脚，但站不稳，打了个趔趄，张开的两只手像跷跷板一样摆动了几下。我们看着那水冲走了荣来脚上的污泥，脚变得干干净净的。熊猫站起来，走过去，伸出他的赤脚丫，瓦檐水啪啪帮他冲洗泥巴。我们都走过去，站成一排，你扶着我的肩膀，我拉着你的手，一排脚丫子伸进瓦檐水里。溅起的水花打到了小中堂屋里的地面上。大人们看见了，直喊，莫碰瓦檐水，脚丫丫要烂的咧。我们装作没听见。

  我伸手去接瓦檐水，水打在小小的手掌上，沉甸甸的。水花沾在衣服上、脸上，落进眼睛里。大家把手中的雨水一甩，一场嬉闹就开始了。

  初秋，若是下大雨，窨子屋内一片昏黄，凉风袭人，秋意一下就来到了我们中间。妈妈去衣柜里找来一件长袖衣服，拎着衣领喊，快来加件衣服，天冷噶，莫感冒。我乖乖地把右手伸进右衣袖，转身，把左手伸进左衣袖。妈妈转到我面前，帮我整理衣领，扯扯衣角，再扣上纽扣。那一刻，我觉得特别温暖。

现在回想，童年时代虽然物质匮乏，但我们成长的每一步都有父母的参与：早上，为我们准备早餐的是他们，虽然那饭菜简单，只是朴素的大地上出产的东西；夜晚陪着我们吃饭的是他们；为我们夹菜、添饭、倒水的是他们；晚上张罗我们洗澡，看着我们上床睡觉的是他们；天冷的时候，为我们披上秋衣的是他们。

他们守着我们慢慢成长，他们会因为我们的调皮而打我们，骂我们；我们会因为委屈而和他们吵嘴、赌气，这样打打闹闹就走过了许多的春秋与冬夏，没有孤单，没有别离。

雨天，奶奶就没去菜园忙碌了，戴着老花眼镜搬张靠椅凳，坐在纱栏上纳鞋底。哧——，哧——，那声音在这静静的雨天显得特别响亮。我喜欢坐在她身边，看她舞动那长长的麻线，扯一段，放下；再扯一段，放下；然后再拉线，用力紧一紧，再放下；针头放在头发里蹭一蹭，找准位置，缝下一针。

奶奶做的布鞋精致好看又好穿。我是穿着她做的布鞋长大的。只要我在长，奶奶做的布鞋也就跟着我长。奶奶做的布鞋，鞋底厚，鞋形随着脚形转，边边用白布包了一层，圆转流畅。鞋面是黑色的灯芯绒布，鞋耳朵上钉有银白色的圆形中空的按扣，就像鞋的眼睛一样。

我很想学得奶奶一手好手艺，可是，我连针都拿不好，线也不会用。记得有一回，奶奶在纱栏上缝衣服。我闲着无事，扯了很长的线，学她的样子缝两块布。还没缝上两针呢，线就缠在一起，拆不开了。奶奶慢悠悠地说，有句话讲，裁缝用线用一尺，怂人用线用一丈。我点头应道，哦——。奶奶哈哈大笑。我这才明白我就是那个怂人呢。奶奶呗，还要捉弄我。我撅着嘴说。

多少回忆烟雨中……

第三辑　风物优美

一席盛宴

每年春节大家族都会聚在一起吃餐饭，我们称之为吃年酒。轮到我们家了，奶奶打开房里那个四四方方庞大的困柜，里面是一柜子的碗盏。

成套的、大大小小的碗、盘子、碟子，精致，光洁。圆又大的盘子，像荷塘里亭亭的荷叶；小巧又精致的碟子，像刚出水的荷钱；中号盘，盘沿呈荷叶边状的，像一朵单瓣的木芙蓉花；大号圆盘，像一轮皎洁的秋月，端在手上，沉甸甸的。我常想，要是这些盘子都是花叶的颜色，那么摆在我们家那张棕褐色的八仙桌上，就犹如古木发新芽吐花蕊了。

盘子上绘有各种图案。有的绘有几笔疏朗修长飘逸的墨绿色的兰叶，它们的旁边开着一两朵淡绿色的兰花，闻一闻，似乎幽香扑鼻；有的绘有一两条红色的鲤鱼，身子灵动，宛在水中央。最喜欢一种碟子，青绿的底子上绘有对仗工整的蓝色的花纹，花纹又用金色镶边，溢着一种典雅的高贵，是一张美妙的工笔画。

吃年酒，先吃茶。中堂屋的八仙桌上，中间摆着一个木制的大茶盘。我们家的茶盘想来是年代久远了。上面暗红色的漆剥落了些，有了一层包浆，却依然洁净，有另一番韵味。茶盘里叠放着两三个圆圆的泡茶，一种糯米制的食品。吃茶的当天用油煎炸好，香、酥、脆。泡茶多染红色黄色。泡茶顶上摆一个姜碟子。姜碟子纯白无瑕，内壁中央有个圆；沿着这圆，用阴刻的手法，雕了许多的花瓣；花瓣连在一起，就像碟子里有一朵洁白的睡莲。姜片厚薄适中，呈椭圆形。用盐、酱油腌制好，然后一片一片沿着盘子中央的圆圈一路排开，盘子里就开出一朵精巧的茼蒿花。

八仙桌四方各摆一个盘子，盘子里装有各种糖果。那时乡下最常见的糖果是花生糖、麻圆还有兰花根。棕黄色的兰花根上面沾着一些白色的糖，吃起来香、脆、甜；外形很像兰花的根，圆形，弯曲，粗糙。我很佩服给糖取这名字的人。

桌子四方各摆两只茶杯。杯子立在桌面，像一朵将开未开的白玉兰，玲珑可爱。流畅的单耳贴着杯壁，体贴又优雅。按长幼顺序，长辈会被恭恭敬敬地请到神龛前的两张木椅上就坐。这是两张棕褐色的中式明清古典靠椅。椅子板是正方形的，端庄大气。它的扶手雕着很多花纹。线脚的走势极富流动感，有股美妙的韵律。靠背的中间是一幅木雕：笑容可掬的老寿仙，右手拄着拐杖，左手托着一个寿桃。那胡须的纹路流畅自然，有时忍不住要去扯他的胡子。寿仙的飘带则轻盈飘逸。中堂屋里的这张八仙桌和那两张椅子，时常让我想到一个慈眉善目、仙风道骨、大气儒雅的老人。

等长辈坐好了，其他的人才能入座。每桌负责倒茶的人给每个杯子倒上茶水。洁白的杯子里面，茶汤呈明亮的棕黄色。袅袅的茶香，白色的热气，从白玉兰似的杯中散发开来，像蚕丝般飘飘摇摇，缭绕缠绵，满屋生香。这茶是清明节前奶奶到山坡上采摘下来亲手制作的。可以从春天一直吃到来年的清明节。

大家围坐在八仙桌旁，等长辈举杯了，各桌的人才举起杯子，邀约同桌，说，来，大家喝茶。八仙桌的牙板上镶着木雕图案，一组是两朵梅花，一组是花鸟。花蕊纤毫毕现，鸟羽纹路纤细。尤其是鸟栩栩如生，它们偏着头，像在寻找着什么。我常低头看它，觉得屋外的鸟鸣随时会把它唤走。

喝茶不能发出声音，不能拖拖沓沓吸一口停一下，得文雅地抿一口，再轻轻地放下。小孩子要守规矩，吃东西不能争不能抢，要有礼节，或者干脆不上席。

吃完茶，便开始上菜。菜都装在洁白的盘子里，边沿是不能滴落汤汁的，即使不小心沾了一点，总是被奶奶很小心地抹干净，再递给端菜的人。奶奶在大家的心目中是一个精致、精神、最懂礼节的人。哪家做什么好事都要向她咨询相关的礼节。

菜上桌，酒杯摆好。小的酒杯拇指大，摆在一起像跳芭蕾舞的小姑娘，它们在行酒令的时候用；大的酒杯像半边完美的蛋壳，精致可爱。酒壶线条流转优美，像一朵鼓胀的白牡丹花苞，里面盛着自酿的米酒。

端杯喝酒前，要洒一点在地上，是为敬天地神灵先人。然后大家才端杯畅饮。

这一席盛宴从盛食物的器皿选择，到食物摆放，到饮食规矩，体现的是我们流传千年的古老的食礼文化。

遇见花瑶

　　屋檐下，三四个花瑶姑娘正在埋头做针线活。她们穿着白色的上衣和裙子，腰间扎一条七彩的腰带，婀娜多姿。头上戴一顶圆圆的帽子；这帽子像一个超大的彩色棒棒糖，帽檐后面还吊着长长的彩色流苏。我凑过去问，这就是享誉世界的花瑶挑花吗？

　　是的。姑娘笑着回答。我看着她们身上的裙子，裙子上那些繁复的图案针脚细密到找不出行针的路线。白色的图案几乎覆盖了黑色的底子。

　　"你们这样一条裙子要绣多久啊。"

　　"如果是绣花能手的话，要绣一年，还得天天绣。"

　　"一年？"我惊讶地合不拢嘴，"一天可以绣多少？"

　　"大概这样的三朵花。"一个脸庞圆润的姑娘指着绣片上一角钱硬币大小的三朵花告诉我。她叫步要妹。这种圆形白花叫粑粑花。它原是长在花路岩石上的岩花，是花瑶女人的先祖最早学习挑花的蓝本。

　　"你们这衣服怎么卖？"

　　"我们这衣服要卖一两万块钱一套，因为花的时间长嘛。你也来试试?"旁边一个三十多岁的女人问我。她笑着把裙片递给我,细心地指导我针往哪里下。"挑花讲究针法和纱法。每次都只能挑两根纱,如果挑了三根,就会斜。"她边说边示范。

我把她绣的裙片摊开在桌子上看,裊娜的藤蔓上面盛开着白色的粑粑花,花丛中几只凤凰在飞舞。她说,这个尾巴长、体型大的是公凤凰,尾巴短、体型小的是母凤凰。百花盛开的春天,它们在跳舞。寓意着恋爱中的男女爱情甜蜜,婚姻幸福。

似乎每个民族的服饰、食品或者器物上的图案都是有寓意的。它们或记录了神话传说,或体现了某种图腾崇拜,或叙述着民族的发展史,或抒发某种美好的愿望。花瑶女人的裙子上绣有老虎、狮子、骏马、花草树木等。这些服饰上的图案代替了文字的功能,是瑶族历史文化、艺术、哲学和信仰的再现,是穿在身上的史书和文字,是代代信守的传统。那细密的针脚,那和谐古朴自然的图案,以及强烈的节奏感,展现的是花瑶积极向上的生命活力。她们真正把美和生活、文化、历史完美融合在一起。

花瑶姑娘出嫁时有一口专门用来装她们嫁衣的箱子,被一个叫老厚的民俗学家命名为"花瑶女儿箱"。为了多置办几件嫁衣,在出嫁时赢得大家的羡慕与尊重,很多女孩子一到十五六岁就开始着手准备自己的嫁衣。而这个准备其实从女孩五六岁就开始了。出嫁时打开女儿箱是花瑶女人一生最为荣耀的时刻。大家通过女儿箱里衣服上的挑花来判断这个女子是否心灵手巧、聪慧勤劳。

"每个五六岁的女孩都得跟着妈妈学挑花。我家的小孩一到放暑假就学习挑花。"教我挑花的女子说,其实她们因为从小就看着奶奶妈妈们挑花,所以自己也就拿着针线开始学。这就是润物无声、潜移默化。

有人问步要妹,你的帽子可以给我戴一下吗?步要妹笑着说:"我这帽子不能戴,它是有寓意的。家里有亲人去世了,才会戴这样的帽子,戴三年。你看，我的帽子和别人的不同，别人的帽子有白色、黄色和大红色，我的帽子只有粉色和白色。我们花瑶认为白色代表着希望和从未失去。"我再看看挂在壁上的黑布上绣着的白色挑花作品，我似乎明白花瑶为什么偏好白色的原因了。这种对白色的喜好体现的是花瑶坚韧的性格和不死的希望。

居住在这深山里的瑶族，生活中依然充满了仪式感。当年为了躲避杀戮而躲进深山的瑶族，无论处境多么艰难，他们从未放弃过希望，他们也相信那些逝去的人化作了山间的风、白色的雾、青翠的树，萦绕在大山里，从未离开，护佑着瑶族的子子孙孙。

我只觉得这群静坐在廊檐下，穿着花瑶服饰挑花的姑娘是这世间孤本般的风景。

站在枫香瑶寨瑶池边的长廊上，我看见巍峨的青山上，山腰和山肩散落着一些矮小的木房子，我百思不得其解。导游说，以前李自成战败躲到这山里来了，为了躲避敌人的追杀，大家把房子建在深山里。当时也不考虑什么交通便捷；房子就用山上的木头做；他们的房子只建一层的，建两层就显得高，高就容易被人发现；以前的人会在周围种上树来遮挡自己的房子；家门口都只有一条很隐蔽的小路；他们在山上开荒种地，自给自足，尽量和外界断绝联系。

花瑶过着低调又艰辛的生活，但不得不说，这也是一种生存的智慧。

那么，也许，我可以根据这个理解，挑花为什么会成为花瑶女人宿命般的存在了。在漫长的时间里，挑花是不是在某种意义上丰富了瑶族女人的生活和内心世界？在长长的与世隔绝的岁月里，她们目之所及就是飞禽走兽、花草树木，耳中所听除了山林的声音，就只听到代代流传的神话传说，所以心灵手巧的她们把神话传说、英雄人物、民俗风情绣在裙上。因为与世隔绝，不识字不读书，不能借文字表情达意，挑花便成了她们抒情的载体。比如那幅《百花盛开凤凰双飞图》，就是花瑶女子心里流淌出来的甜蜜爱情。也许因为与世隔绝，没有沾染世人的狡黠因而保留了内心的纯净与天真。所以在她们的挑花作品中，我看到了一派天真烂漫和纯净：怀孕的老虎妈妈满溢着母性，肚子里的小老虎娇俏可爱，身上还盛开着美丽的粑粑花，充满了生之活力；狮子也不那么凶猛，憨厚淳朴，睁着一双大眼睛好奇地看着你……

从豆蔻年华到耋耄老人，她们倾注一生时光与挑花纠缠不休，那是她们的宿命，是她们的世界，是绝境中的向往和希望，是寂寞中的一缕枫香，是长夜里的一星灯火。

花瑶女人从未想到，那些倾注心血的家常的裙子，在她们眼中再普通不过的，和房前屋后的花草树木一样自然存在的挑花，现在，竟然成为文化遗产中灿烂的光华，正散发着独特的美感，吸引了全国乃至世界的目光。

嫁衣

　　一件嫁衣，是从一粒棉籽开始的。

　　它在三月温柔的春风中苏醒，悄悄钻出土壤，呼吸着风、雨、阳光，慢慢长大。一位母亲给棉树除草松土，汗水滴在土里，渗进它的根。

　　秋天，当小朵小朵的云通过棉树的根爬上枝头时，母亲的脸温柔如秋水。

　　从此，每天晚饭过后，劳累了一天的母亲就着昏暗的光线，坐在纺车前彻夜纺纱。纺好纱，母亲又开始坐在织布机前忙碌。在纱线里左右穿越的梭子，就像时光的脚步，它每走一寸，布就长一寸；每走一尺，布就往前一尺……

　　"妈妈，你在做什么？"

　　"我在为你们做服饰啊，等你们长大了，要为你们做嫁妆。"

　　很多年过去，韦清花依然无法忘记这些场景，每每说起，倍感做母亲的辛苦。如今，她也是一个母亲，她也要像妈妈当年一样，种棉、纺纱、织布，为女儿的嫁衣做准备了。

清晨的平溪寨还沉浸在雾气里，山林还在露水中沉睡，清花哼着侗歌，挑着竹箕出门去割蓝靛草。从山上回来，她将蓝靛草碾碎，放入木桶，加入一定比例的水、糯米、甜酒、草木灰，盖上筛子，压上厚重的石头，然后把它们交给时间。

一个月后，经过充分发酵的绿色植物，酿出了一种特殊的颜色——介乎于深蓝和紫色之间的黑色。

取自大自然的颜料静静地躺在桶里，蝉声在树荫深处响起。此刻正是八月，充沛的阳光火辣辣地炙烤着大地，正是染布的好时节。韦清花把白布的头放进染料里，靛水和布迅速拥抱在一起，所有的记忆似乎在相遇的一瞬间苏醒：靛水在布的肌理里搜寻到记忆里的阳光、山林的鸟鸣和青草的味道；布感受到当初作为一粒棉籽的快乐：发芽，长叶，抽枝，开花，腰肢舒展，内心自由而饱满。

布每染完一次，就得漂洗一次，晒干一次；干了，再染再洗再晒。这样的工序一天三次，持续半月。

染好的布要在砧石上进行反复捶打，直到发出金属的光泽，人称"亮布"。它是对勤劳智慧的远古先民的致敬，是侗族区别于别的族群的一个独特的符号，传达和陈述着这个民族的观念、历史和现实。作为侗族印染织物里的上乘之品，亮布为制作侗族的盛装——嫁衣做好了铺垫。

量身，裁布，做衣做裙。这裙叫百褶裙，它的制作大有讲究：将一幅亮布铺在硬木板上，用针在布上划出一道道沟，然后将布折叠起来，捆在一节竹筒上定型，两个月后解开，用柿子浆、鸡蛋清涂抹在褶子的沟脊上，晾干。晾干后就可以缝制裙子了。

但压轴戏——侗绣还没有上演。

侗族把评价女红的各种技能，作为评价女性能力、美德的重要标准。"一夫不耕，或受之饥；一女不织，或受之寒。"在自给自足的家庭生产模式下，侗族女人一年到头没有空闲，除了带孩子、做农活，纺纱、织布、染布、绣花也成为她们的人生命题，并且每一代母亲都负责把这些技艺传给女儿们。

在农闲的日子里，家婆、清花和女儿们坐在吊脚楼的廊檐里绣花。寨子里很安静，偶尔听到鸡鸣狗吠的声音、邻居们说话的声音、风拂过院子树木的声音。侗绣是剪纸绣，绣花之前得先剪好图案，而家婆是这方面的能手。一张平常不过的烟盒子纸，在她手中可以变幻出漂亮的图案来。只要她想得到，就能剪出来。如今她虽是耋耄老人，在她逐渐枯萎的身体里却依然有一个丰富的世界。

在这个寨子里，能剪纸的人不多了，能像她一样技艺娴熟的再没有第二个。现实让这位老人内心充满了隐忧。趁我现在还看得见，还能剪，你们有空的时候，要多和我学学。她嘴里说着话，眼睛盯着纸片，双手配合默契地行动，一幅图案在她的指尖出现。

嫁衣上所需图案剪好后得贴到彩布上。然后清花这双砍过柴、摘过茶叶、割过谷子、打过油茶、摘过棉花、纺过纱、织过布的手，拿起针开始绣花。飞针走线间，一朵朵绚丽多彩、熠熠生辉的花纹图案，就从她指尖变幻出来。

在以后的时间里，三代人将把饱满的热情倾注在这项耗时耗力的工程上。这一张张绣片需要一年甚至更久的时间才能全部完成。

当一张张绣片镶嵌在领口、对襟、底摆、衣角处时，黑红色发着金属光芒的嫁衣恍若一个沉静的女子穿上华服般惊艳，恍若湿漉漉的黑树枝上盛开花瓣朵朵，恍若睡美人在王子之吻里苏醒，四周冰消雪融，鸟语花香……

每一块绣片衔接自然，看不出一丝拼凑的痕迹，就像在一整条长带子上绣的花一样流畅。胸兜、衣袖上，以蜘蛛花为主题，缀以其他花草虫鱼鸟兽。酒红、玫红、墨绿、草绿、绛、蓝、黄、金，不同色彩镶嵌，交错，搭配得宜；婀娜的藤蔓、明艳的花朵、飘逸的叶片、绚丽的蝴蝶、起舞的龙凤映衬其间，仿若就要从布里飞出来。图案花纹针脚细密，密不透风，不知其始，不知其末，只见银光闪耀，色彩缤纷，恍如进入盛世花园、锦绣华年。心为之柔软，情为之感动，人为之陶醉。

方寸天地，生机盎然，气韵生动：蝴蝶轻盈飞落，花枝风中摇曳，现世美好得无法言语。柔软的枝条缠绵多情，跳跃，延伸，到达千年前的一个春日：桃之夭夭，灼灼其华。之子于归，宜其室家。

如果说亮布做的服装是大自然成就的一篇赋，那么侗绣是这篇赋中最精妙的修辞：铺叙、比喻、通感、对比、映衬、渲染，恰当得宜。增一分，嫌多；少一句，逊色。

更为奇妙的是，侗绣上的每一个图案都有来源。侗族是个信仰多神的民族，相信"万物有灵"，于是这"万物"都被用在了服饰上。

胸兜上的蜘蛛花，是侗族创世女神萨巴天在人间的化身。她原是一只金斑大蜘蛛，是侗族的保护神。在侗绣图纹中，她被美化成一朵永不凋零的花。

腰带上的龙凤不是帝王权力的象征，而是天使媒官。传说远古时期，洪水泛滥成灾，世上只剩下姜良姜妹兄妹二人，在龙凤的撮合下，他们结为夫妻，繁衍人类。

……

在穿越了漫长的时光隧道，在经历了无数的劫难后，在沧海桑田变换中，无字的侗族把民族的历史记忆和文明密码记录在服饰上，使得他们从古至今依然清晰地记得自己从哪里来。

这套浸润了三代人心血的嫁衣，精美绝伦，发出细碎的金色的光芒，犹如晨阳初升时湖面上的粼粼波光，又如秋日里翻涌着的金色稻子。它从一粒棉籽开始，经春历冬，几番染洗，千般锤炼，数年等待，终以一种柔美、多情、天人合一的模样出现在人们眼前。

一件嫁衣，一部历史。

醮粑

雨后，白色的雾气在村子周围的山尖浮动，淡淡的阳光洒在田野，空气中满是油菜花浓郁的气息。春天的田野草木葳蕤，奶奶挽着小花篮，走在田埂上，弯腰掐醮草。油菜花瓣、紫云英花瓣、嫩的草汁沾在她深蓝色的裤管上，像打翻了春天的颜料盒。

我跟在她身后，帮她掐一种草：这种草修长的茎和细长的叶全身长满了白色蛛丝状绵毛，淡黄香青的嫩叶顶端托着淡黄色的顶生莲座状花蕾，小家碧玉的模样。因它是用来做醮粑的原料之一，我们叫它"醮草"。醮草学名鼠曲草，又名清明菜、佛耳草等，江苏苏南地区也有叫"寒食菜"。民间草药更是将它叫做"追骨风"。从它的名字就可以窥到它的一些特性，比如时令、药用、节气。

将醮草老茎摘去，清洗干净滤去水，用竹筛摊开晾干，然后放进用井水泡过一晚的糯米里混合，进入下一道磨浆工序。往磨心灌米，推动石磨，碧绿的米浆沿着磨基流下来，沿着磨槽流进磨口下方提桶中的布袋里。提起布袋，压去多余的水份，再放石磨下压，挤挤水份，就可以做醮粑了。

醮粑是居住在古称"五溪地区"的各族人民过春社节与清明节或者祭祀神灵祖先的一种食品。《礼记礼运》曰:"夫礼之初,始诸饮食。"而最早出现的食礼,又与远古的祭神仪式直接相关。原始社会的先民,把黍米和猪肉块放在烧石上烤炙而献食,在地上凿坑当作酒樽用手掬捧而献饮,还用茅草扎成长槌敲击土鼓,以此来表示对鬼神的敬畏和祭祀。《广雅》曰:醮,祭也。醮粑这来自远古时代的食礼,以一种用于祭祀的食物身份延续至今。而这种野草入食品的风俗,保留了远古时代采集生活的遗风。

清明节做汤醮粑。奶奶把米粑团成丸子。丸子直接放进滚开的水中。煮熟的醮粑表面圆滑,会浮到水面上。用勺子捞起来,装在碗里,上面撒一层白糖,或者白糖黄豆粉,醮粑的清香、黄豆粉的甜香就扑鼻而来。

大人们带着白色的汤醮粑上山扫墓,以祭奠去逝的亲人。除草,吊白,焚香,摆牙盘、醮粑,放鞭炮,作揖。祭祀完毕,大家把醮粑分吃完。奶奶说,吃祭祀后的食品,祖先会保佑我们。

若有亲人去世,家人便会做另一种醮粑以寄托哀思。它需要一个印盒,印盒是一块厚实的木板,上面雕刻各种图案模子:梅花、石榴、菊花、桃子等。这种醮粑只用在祭礼中。米浆滤水压紧后,团成一个丸子,放进印盒里,填满压紧。倒出来,一朵梅花、一个石榴、一朵菊花或者桃子就出来了。上色后,放在洁白的盘子里,摆在八仙桌上,一派花团锦簇,好似古木开花;和那些动物形状的各色醮粑,比如鸡、猪、兔等放在一起,感觉这方桌面是春天的原野。这丧事带来的悲伤之感似乎也因此而冲淡了些。

醮粑在五溪人家的眼中,不仅是人与神鬼沟通的信物,还是人与人之间交往的吉礼,是一种维系人与人之间情感的礼信。

奶奶要去给舅公做生日,她特意准备了一份礼信。那礼信叫花醮粑,因在上面印花而得名；因它形似斗篷，也叫斗篷醮粑。斗篷醮粑是糯米粳米按照3：1的比例搭配制作，不掺醮草。粳米定型，糯米保证软糯的口感。它的制作工序和汤醮粑差不多，不同之处在于它的形状和蒸煮的方式不同。一张粽叶上可以放两到三个斗篷醮粑。碧绿的粽叶上坐着尖顶圆底的白醮粑，很像戴着斗篷蹲坐在一叶孤舟上的渔翁，颇有山水国画的意境。

接下来的一道工序是上锅蒸醮粑。白色的水汽带着米粑和粽叶的清香弥漫开来，宛若春风拂过芳草萋萋的山谷，带来草木清甜的香气。蒸熟的醮粑如玉温润，出锅晾凉，便可以印花了。我家有个专门用来印花的木章子，木章子的一头雕着一个寿桃，一头雕着万字格图案。只要村里人家有做喜事的，都来借。沾上染必红，盖在白白胖胖的斗篷醮粑上，一个精巧的红色的寿桃就出现在白色的醮粑上。一个醮粑要印五朵花，顶上一朵，周围四朵。古人对数字的利用也是有讲究的。这五朵花分别代表着五行中的金木水土火。这些醮粑因为这些红色的寿桃而充满了喜庆的色彩。

印花醮粑只有在特殊的日子里才制作，比如订婚、收亲、嫁女、做寿等。这时它是一份礼品，又是一种仪式，表达着敬意与心意。

重阳节来了，我们做桐叶醮粑。那时候，大片大片的桐叶正是壮年，上山采摘一篮桐叶，洗干净准备着。米粑里面可以放馅。一般是掺杂着白糖的黄豆粉；后来生活好了，也有人放猪肉馅，随主人喜好。团好的丸子中心压一个凹，放馅，封口，再团成丸子压扁，然后将团好的米粑放在宽大的桐叶里面包裹好。

在锅里放适量的水，用几根小木棒做撑架，放上竹篾笪，再把桐叶醮粑放在上面，罩上锅盖。这回，水汽带来的是桐叶和糯米的香气，一股清朗的秋的气息。

做好的醮粑首先会放在中堂屋里神龛前的那张八仙桌上，和着酒、菜肴敬奉给天地、神灵和先人。这来自远古时代的食礼以醮粑的方式保留至今。有了它，我们似乎和千年前的人们有了割舍不断的联系，有了与祖先相认的凭证。有了它，我们的悼念之情、敬畏之意、祝福之愿便有了载体。

来自远古的余响

"梆——",像一颗石子丢进宁静的湖面,涟漪一圈圈荡漾开去。它们拂过衰草,惊醒了静默的树和树上的鸟,然后继续延伸到山坡、山顶、高空……

这是朗江枫木村里的榨油坊传出来的声音,这声音是承接远古时代的榨油坊发出的余音。曾经在湘西南这片广袤的大地上,每到十一二月,隐居在大山里的村村寨寨都传出这样的声响。它们虽然隔着山川河流,但却依然彼此应和,在上空汇聚,如春雷滚滚,隆隆作响。

随着这样的响声,晶莹剔透、棕黄明亮的茶油就从一饼饼油枯里挤出来,流到木槽里,汇进油桶。茶油特有的香气弥漫开来,方圆百米都裹在这团香气里。闻到这香味的人都会深深地呼吸一口,然后,长长地吐气,说:"嗯,真香。"这是熟悉的气味,是生活的气味,人间烟火的气息,是来自《天工开物》的幽香。

《天工开物》记录了古法榨油的全部过程。这过程和现在的榨油方法非常吻合。榨具要用周长达两臂环抱住的木材,并将木头中间挖空。用樟木做的最好；用檀木与杞木做的要差一些，因为杞木做的怕潮湿、容易腐朽。这三种木材的纹理都是缠绕扭曲的，即使把尖的楔子插在其中拼尽力舂打，木材的两头不会拆裂。而其它有直纹的木材则不适宜。

枫木村这座榨油坊算起来至少有一百年的历史。看到榨油坊巨大的木榨具，你会发现木的长寿和坚韧在这里得到了很好的诠释。木从一粒种子开始，到一棵嫩苗，到参天大树，期间可能经历了电闪雷鸣之劫，风霜雨雪之灾，时移世易之变，但它们却活了下来，这本身就是生命的坚韧。现在，木又来到这榨油坊，历经百年的敲敲打打，风雨浸润，油渍渗透，却依然本色不改，参与了一代代人的生活，尽显木之韧木之寿。

《天工开物》这样介绍木榨具："木的中间要挖空，挖空多少要以木料的大小为准。大的可以装下一石多油料，小的装不了五斗。做油榨时，要在中空部分凿开一条平槽，用弯凿削圆上下，再在下沿凿一个小孔。再削一条小槽，使榨出的油能流入接受器中。平槽长约三四尺，宽约三四寸，大小根据榨身而定，没有一定的格式。插入槽里的尖楔和枋木都要用檀木或者柞木来做，其他木料不合用。尖楔用刀斧砍成而不需要刨，因为要它粗糙而不要它光滑，以免它滑出。撞木和尖楔都要用铁圈箍住头部以防披散。"

榨具准备好了，茶籽碾碎上甑蒸。蒸熟到透出香气、蒸气升腾足够饱和时就取出来；用稻秆包裹成大饼的形状；饼外用铁箍箍好。这些箍要与榨中空隙的尺寸相符合。做饼要做到快倒、快裹、快箍。如果包裹动作太慢就会使一部分蒸气逸散，出油率也就降低。油料包裹好，就按顺序装入榨具中。挥动撞木把尖楔打进去挤压，金色的、剔透的茶油就像泉水那样汩汩而出，芳香四溢，令人沉醉。榨油剩下的渣滓叫油枯饼。茶油枯是最好的肥料，又是天然的洗洁精，还具有护发的功能，乡下人家经常泡油枯水洗头。油枯经过处理，还可以用来药鱼。

榨油坊里所有的工具都来源于自然。捆油饼的是稻草，箍油饼的是铁圈，撮油粉子的是竹箕，烤茶籽的是柴火，敲油栓的是木头。而榨油结束，它们有的又回归自然，草木灰、油枯可以沃土。

在生产力低下的社会，祖先们在不断地探索挖掘中，在无数的实验中，终于摸索出这套堪称完美的榨油工序。这些繁琐的工序体现的是古人的探索之道、精益求精的工匠精神、物尽其用的惜物精神。

今年，又是茶籽丰收年，榨油坊的主人佘氏兄弟打扫着歇业十个月的榨油坊。他们清扫地面，除去蛛网，擦洗榨具，准备迎接即将来这里榨油的村民。兄弟俩一直坚守着中国最古老的榨油工艺。他们大概是会同这片土地上最后的古法榨油坚守者之一。

前来榨油的村民挑着茶籽来了，脸上有劳动的艰辛，也有丰收的喜悦。湘西南的大山里遍种茶树。茶树的生长、结果、采摘、择茶籽、晒、榨油，这一系列过程，和千年前古人的劳作场景何其相似。贯通古今的是大自然生生不息的自然之物，是人类的劳作和饮食的习惯。这是一脉相承的传统，使得我们得以和古人沟通交流。

但是，现在，这脉似乎已经很微弱了。面对榨油坊的未来，佘师傅不无担心地说："现在年轻人都外出打工了，又加上现代化的榨油设备，这古法榨油作坊怕是以后会消失了。"是的，当熟悉古法榨油的那一代人离去时，或许也是这脉停止跳动的时刻。运用人力的劳作，依赖大地的奉献，凝聚数代人艰辛的探索，体现着人类智慧的结晶，又依托代代相传的方式，终于延续至今，却面临着消失。这就是一些传统的悲剧宿命吗？

《天工开物》详细地记录古法榨油的工序，是为了流传；我写下这些文字，是因为古法榨油会在未来某一天失传。

蜜饯

表姑娘已经选好了一户人家了。舅公委托奶奶做蜜饯。奶奶必须着手准备一件事，那就是在春天种上几棵毛冬瓜。

奶奶在空地上挖了几个坑，把去年留下的冬瓜子埋进了土里，撒上草木灰，等着它慢慢发芽。嫩嫩的芽像个伸着懒腰的稚嫩的婴孩，钻出了泥土。奶奶开始着手搭瓜架。等它们长出藤蔓，并用几根竹爪子牵引着藤蔓往瓜架上走。当瓜架上铺满了绿油油的叶子后，黄色的冬瓜花像小小的橘色的灯泡一颗一颗亮起来。奶奶看着那些花笑着说："你们今年要给我结个大冬瓜哒。"

奶奶要用大冬瓜做蜜饯。做蜜饯需要的冬瓜必须体态端正，厚实。等到瓜架上的冬瓜上了一层白灰了，就可以用来雕蜜饯了。

六月间是做蜜饯的好时节，因为需要日头晒蜜饯。做蜜饯的时候团里的奶奶、姑嫂们拿着雕蜜饯的精巧的柳叶刀来我家帮忙。这柳叶刀是作为嫁妆带过来的。胖墩墩的冬瓜横躺在桌上，此刻它已经洗去了身上的那层白霜，青绿色的瓜皮泛着晶莹的光，如翡翠般。恋明奶奶把冬瓜头切掉一截，张开拇指和中指在上面量长度，并用刀在冬瓜上做记号。蜜饯三寸三，长短有规定。冬瓜按照尺寸切成几段，掏去里面的瓜籽和瓜瓤，去除掉多余的瓜肉。切成一指宽三寸长的长条形，切去四角，呈菱形，用手指轻轻压一压，使得尖尖的两头翘起，像船的样子。闹新房的时候，有人就根据这蜜饯的形状唱：蜜饯两头尖，船头出贵子，船尾出状元。

大家安静地坐在凳子上，在窄窄的瓜片上雕鸟兽草木。鸟兽草木无不因势象形，各具情态。

屋外阳光明媚，中堂屋里却一片阴凉。只见冬瓜碎屑落了一地，像碎玉，像地上冒出的春芽。而喜鹊、梅花、莲花、蝴蝶、兰花、鲤鱼……从灵巧的手间诞生。这些图案或寓意着美满幸福，或寄寓着希望，或象征着美德。

剔出来的冬瓜肉也可以做蜜饯。她们用柳叶刀雕、刻、镂、挖、旋、削，指尖就变幻出不同的花纹图案，像白色的云朵，像雪白的莲瓣，像美好的如意，像酢浆草的花朵……她们心思细腻，就地取材，把熟悉的乡村事物表现在蜜饯的图案里。这些心灵手巧的女人可以和男人们上山砍木头，可以下地插秧割谷子，也可以像艺术家一样，在方寸之间创作精妙的雕刻作品。

哪家做蜜饯，村里未出嫁的姑娘们也来了，来上人生的必修课——学雕蜜饯。许多东西的传承，女子功不可没。从各民族的衣饰制作到刺绣，从雕花蜜饯到传统食品的烹调，无不是一代代女子以母传女的方式流传至今。似乎女子生来就肩负着这样的使命。

姑娘们用冬瓜的边角料学切瓜片，学着在上面雕花。聚精会神的神态和笨拙的姿态显出了她们的认真和技艺的生涩。但是，她们最终会在一次次练习中熟能生巧。

雕花后就进入下一道工序，煮瓜片。奶奶把家里的铜锣和烧水锅子洗净，然后将铜锣和清水一起煮。水烧开后，放入瓜片和适量的明矾。明矾可以使冬瓜肉紧固，铜则保持冬瓜肉本色。煮过的瓜片瓜皮鲜绿，瓜肉透明；雕花图案细腻生动，更加清晰可见。清新的瓜果香味弥漫了整个院落，那是夏天的味道。

将清水里的瓜片捞起来，反复清洗，以挤出瓜里的苦水。然后用清水浸泡一天。第二天，把挤干水分的瓜片按一斤瓜片一斤白糖的比例进行腌制。蜜饯腌制过程是一刻都离不开太阳的，没有太阳，就得用火烤。天气好，四五天可以晒好；天气不好可能就要半个多月了。等糖溶化后，放到阳光下暴晒。冬瓜开启了和白糖的蜜恋之旅。

浓腻光滑粘稠的白糖水裹住冬瓜片，在阳光的暴晒下，慢慢渗进瓜片里面。瓜片上的糖水稍干后，又继续浇糖水，直到瓜片喝饱糖水晒干为止。在这过程还得防止喜欢甜食的小家伙们，比如蚂蚁、蜜蜂来偷吃。腌制好的雕花蜜饯呈白色，像上面裹了一层白雪。黄绿色的果皮在这雪里若隐若现，倒像雪地里冒出的嫩黄色的草芽。奶奶把蜜饯码好，用牛皮纸包着，外面捆上红绳子，送到舅公家。大家一起等待一个特别日子的到来。

从一粒种子到一朵雕花蜜饯，这每一道工序凝聚着前人的智慧。一个朋友说，古人是很聪明的，他们能用可得的地方材料，更讲究地解决某个生活问题，并遵循某种审美范式，构筑起特定的地域文化。这文化就是人，就是衣食住行，就是生活，就是融进骨血里的风俗人情。

表姑娘当新娘了。嫁到婆家第一天，招待客人吃晚饭的时候，她打开装蜜饯的罐子，在每个茶杯里放两支蜜饯，倒上热茶，用茶盘端出去，送给每一位客人品尝。这就是蜜饯茶。这是每一个新娘子到了婆家必定要敬客人的第一杯茶。

"这蜜饯雕得好呀。"

"嗯，这花样好瞅，手巧呢。"

"哎哟，甜蜜噶，哈哈哈。"

入夜，酒席已散，大家便涌到新房里闹新房去了。

"蜜饯花又花，原来是个毛冬瓜。铁匠打的凿，姑娘绣的花。"闹新房的话语道出了一朵蜜饯所耗费的心血。雕蜜饯的柳叶刀是铁匠打的，蜜饯上的花是乡邻们一起帮忙雕的，做蜜饯的冬瓜是姑妈种的。这凝聚了匠心、乡邻情、亲情、爱情的蜜饯，实在是婚俗里最好的信物，寄寓了美好的祝愿，希望姑娘的婚姻如蜜饯一般甜蜜。

泡茶

"泡茶花又花，风吹妹妹落婆家。二人月老来解放，两姓和人共一家"。这闹新房的词里提到的泡茶是和民俗、仪式有关的一种民间食品。在我们这，无论婚俗还是节日，都离不开泡茶。也许因为这样的食品与那么重要的事情联系在一起，因而它的制作过程和它的食用过程便也体现出一种热闹和隆重。

我们家要进新屋，奶奶开始准备做泡茶。糯米已经浸泡一晚了，染料也准备好了。染料是从市场上买来的染必红和从山上摘来的黄珠子。黄珠子是山栀子的果实，用水浸泡在碗里，水慢慢就变黄了。这黄色的水就是染料。糯米分成三份，一份染红色，一份染黄色，一份本色。然后装甑里蒸。糯饭的香气在窨子屋里溜达，吸引了嘴馋的小孩。

村子里的奶奶、娘娘们拿着做泡茶的竹圈和圆圆的木茶盘来了。大家都是来帮忙做泡茶的。奶奶端出几根长凳子，上面放好竹筛子，竹筛里铺上从山里折来的松针。这松针还绿油油的，在阳光下泛着光，散发出好闻的松香。这是用来做防止泡茶粘贴竹筛子的垫子。

大家从甑里取适量的、不同颜色的、香喷喷的糯饭放在茶盘里的竹圈里,把糯饭推开,铺满竹圆圈,双手轻捏竹圈,不停地团里面的糯饭,直到糯饭紧贴在一起成为一个圆,便把团好的泡茶有顺序的放在松针上面。

"去年,我们家进新屋做了几十个泡茶,细香满娘,你准备做多少呢?"

"紧着这些糯饭做。我估计了哈,应该够。"

"我崽也准备要娶亲了,我做泡茶的时候大家要来帮哈我呢。"

"要得,要得。"

"我今年打算做一些,过年要发泡茶。"每年过春节,新年第一天,大家借除夕夜留下的火种烧新年第一炉火。洗漱好后,着手做的第一件事就是发泡茶、发酥肉、发糍粑,寓意新的一年从"发"开始。发是一个多好的字眼,发财、发展、发人……人们借发泡茶表达出新年里最美好的愿望和最吉祥的祝福。

这种仪式年年岁岁,岁岁年年,代代相传。

甑里冒出的热气,把这个场景渲染得格外热闹。圆圆的、掺杂着红、黄、白色的泡茶规规整整地躺在竹筛子里,像一个个小太阳,又像盛开着的花儿。阳光静静地照着这些团团圆圆的泡茶。光又从筛子的缝隙里漏到地上。地上也有了一个竹筛子,筛子里也有圆圆的泡茶,不过是黑色的了。天井边绿油油的兰草在微风中摆动;青石板上,蚂蚁在觅食;年代久远的黑褐色的窨子屋显出一种豁达与经历沧桑后的从容淡定。在这些背景映衬下的这一竹筛一竹筛的彩色泡茶,像《花样年华》中昏暗背景下的那一袭明艳的旗袍,又像一个个可触可见的美满愿望,盛满了喜悦的情绪。

接下来,每天太阳出来,露水消逝,奶奶都会在天井里把长条凳摆好,把放着泡渣的竹筛摆在上面。曾经柔软的糯饭在阳光的暴晒下失去水分，逐渐坚硬定型。这时候，奶奶就会把粘在泡茶上的松针扯下来，把泡茶叠起来用纸包好，用一根红线捆好，再在外面包上一层防潮的塑料纸，放进柜子里，等到进新屋的时候用。

　　进新屋第一件事是烧火，火种是从老屋里取来的。烧火后第一件事是发泡茶。泡茶已经放在桌上了，等一锅油滚开了就放油里面煎。泡茶下锅，慢慢就变大了，比原来的大了一倍。奶奶用一双筷子压住泡茶中心，慢慢地转动它，泡茶就像一盏彩色的鸟窝。发泡茶的背后有着美好的寓意：预示一个家庭新的开端，新的发展，家发人兴，四季发财等。

　　在高椅古村还有一种黑泡茶。黑泡茶的染料取自乌饭树的汁液。传说北宋名将杨文广被奸臣所害投入狱中。他妹妹每天送进牢里的饭菜都被狱卒吃了。于是，她上山采来乌饭树，捣出黑汁泡糯米。糯饭蒸熟后呈黑色。狱卒看到这一篮黑饭，再也不抢吃了。兄妹约定四月初八那天劫狱。由于天天吃糯饭，杨文广浑身是劲，他挣脱了锁链，把监牢的门打开，带领其他被关押的人逃出来。妹妹带领寨里的人也前来接应，打败了敌人。之后，杨文广奋战疆场，洗脱了罪名。

　　杨姓人家为了纪念这次胜利，每年的农历四月初八都会摘乌饭树叶制作黑饭吃。他们杀鸡宰鸭，取出腌制的酸鱼酸肉，喝酒唱歌，以示庆祝。高椅的杨姓人家又把这来自大自然的染料用到了做泡茶上，制成了独一无二的特产黑泡茶。

　　黑泡茶成为了古村的一个标签，一个姓氏的信物。即使是素不相识的杨姓人家，也会通过黑泡茶而得以相认。

　　泡茶之所以称为泡茶，源于它的吃法。进新屋或者吃年酒，请客吃饭前必先吃茶。每张八仙桌上摆一个圆茶盘，盘里叠放三个发好的泡茶，泡茶顶上放一白色的小巧的姜碟。碟里是腌制好的生姜片。盘子里放各式糖果，八仙桌每一方各摆两只茶杯。待远道而来的贵客入座，乡邻们也陆续坐好，每桌负责筛茶的人把每只杯子倒上茶。等香火头前的那桌贵客端杯了，其他人才端杯致意邀约一起喝茶。大家就着茶吃姜片，吃脆生生的泡茶，吃香甜的糖果。也有人把泡茶沾着茶水吃。大家慢悠悠地边喝茶边聊天，悠闲自在。

泡茶的第二种吃法是泡在油茶里吃。哪家有新娘子，新娘子家就会喊团里的乡邻吃油茶。碗底放碎泡茶，淋上煮好的豇豆，撒上葱、姜、蒜末、油、盐，一碗油茶就成了。被汤汁浸过的泡茶变软，入口即化；和着豇豆和葱姜蒜末一起吃，香气诱人。

泡茶，和愿望、仪式、节日联系在一起，表达着人类对美好生活生生不息的向往之情。

三江油茶

　　三江县是广西柳州市最北面的一个少数民族聚居县，是湘、桂、黔三省交界地。有侗族、汉族、苗族、瑶族、壮族等民族。三江侗族自治县境内七十四条大小河流纵横交错。因境内的三条大江榕江、浔江与苗江而得名于"三江"。它靠近湘西南，是我们一个非常友好的邻居。每年我们作协会员都会去参加由三江文联举办的桂湘黔三省"文学与地域"研讨会。我还记得初见三江的情景：沿街很多店铺招牌上都写着"某某油茶店"字样。我心里想，我们会同街上许多店铺写着"某某粉面店"，那是因为会同人爱吃米粉，完全可以把它当早、中、晚餐。难不成，这里的人家靠吃油茶过日子？

　　嗯，我想的一点也不错。

　　中午吃饭，桌上摆着一些稀奇古怪的食物。细篾编制的小巧精致的竹篓里装着香香的糯米饭。我们那里还没有谁把糯米饭摆到桌上来招待客人的。其他盆里装着白色的炒米、圆圆的糖果果、切好的葱姜蒜末，还有一盆黑糊糊地冒着热气不知何物的的汤。果真是多民族聚集地，饮食习俗就是不一样。

大家入座后,主人介绍说:"这是侗家油茶。可能第一次来这里的人不了解它,我介绍一下。我们侗族一年四季都必须吃油茶。它也是招待贵客的一种食物……"

于是,我才了解到这侗家油茶原来是三江的标配,三江人真的得靠这油茶过日子。三江人都有打油茶的习俗,特别以侗族、苗族为甚。据说一天至少要喝三餐油茶:早上起来先喝油茶再出工,中午收工回来先喝油茶再吃午饭,晚餐也先喝油茶再做饭。正所谓"早上喝碗油茶汤,不用医生开药方;晚上喝碗油茶汤,一天劳累全扫光;三天不喝油茶汤,鸡鸭鱼肉都不香。"

侗家人喜欢喝油茶,已有上千年的历史。一种科学的说法是,因为侗族人世世代代居住在高寒山区,而侗族油茶有御寒防病、生津解渴、提神醒脑、解除疲劳等功效,对身体大有裨益。因其味微苦,所以又被称为"侗族咖啡"。吃油茶,配糯饭,这是三江油茶的传统吃法。

每一种民族风味的美食大都和环境气候、地理位置有关。就像湖南人喜欢吃辣子,也是与湖南地域的气候和习俗有关。湖南地理环境上古称"卑湿之地",多雨潮湿。而辣椒有御寒祛风湿的功效;加之湖南人终年以米饭为主食,食用辣椒可以直接刺激唾液分泌,开胃振食欲。吃的人多起来,便形成了嗜辣的风俗。这其实是古人生活的智慧体现。在恶劣的生活环境中,找到呵护身体的妙方,以使大家能在此生存扎根。

2017年去三江参加每年一次的文学研讨会,和我同住一室的姑娘是《柳州日报》的记者柳斯敏。听说她第二天要去采访侗绣传承人韦清花。我也跟着去了。

坐了很久的车,穿越了很多的山,终于到达那个大山深处的平溪镇。见了面,相互介绍寒暄后,韦清花便把我们带到她的厨房。她说:"你们还没有吃早饭的吧。我给你们做点油茶吃。"这是我第一次亲见油茶的制作过程。这对我这个外来客,实在是难得的缘分和机会。

她手脚麻利，开火烧锅，热油。油热好了就倒进一些白色的米粒。哗——，米粒在油里瞬间膨胀开来。我问："这是什么呀？""这是炒米。糯米蒸熟后阴干备用，是做油茶的主要原料。吃油茶的时候，就用油炒炒。"她边说边把炸成香甜爽脆的白色的炒米装进盆子里。然后，继续往锅里加油，放入一把黑色的枯枝叶炒。她说："这是茶叶。有一次，三江举行煮油茶比赛。我们拿了冠军。因为我们煮茶汤之前，先把茶叶用油炒了一下，再倒水煮，这样煮的茶水很香。我们这个油茶是吃的时候现炒现煮。炒米的原料和炸油果是先准备好的。因为每天都要吃油茶嘛，所以家家户户都有茶山的。"她边炒边说，青烟从锅里冒出来，茶油和茶叶的香气弥漫了整间厨房。她把锅里的茶叶倒进一个竹制的漏勺过滤，茶叶扔掉，锅里的汤汁就是油茶汤了。

韦清花说："我们这里的人采茶一天有两百块钱的收入。茶叶已成为三江的主要产业。"这是祖先们没有想到的，当年他们流传下来的饮食习惯，代代相传喜种茶树的习俗，竟然某一天变成了一项支柱产业，荫庇子孙后代。

我们围坐在桌旁。三个碗里装了炒米和用茶油炸出的脆香的糖果果，上面撒上葱花姜末，然后舀一勺灰黑色的茶汤倒进碗里，碗里的米花、糖果果遇水滋滋作响。炒米、糖果果浮在茶汤上，香气逼人。葱花、姜末被开水一烫，香气被激发出来。喝一口，茶汤微苦，炒米入口即化。甜甜的糖果果因为茶汤的浸泡，变得滋润有嚼头。喝一口油茶，嚼一口糯饭，聊着侗绣，这个早上真是惬意得很。

回家路上，只见山清水秀，河边、山坡是一圈圈一层层碧绿的茶园。
"敬你一碗香油茶，香油茶，
远方的客人请你喝下它。
三江的油茶，中国的茶，
世界再大也少不了它……"
我咽了咽口水，我还想喝一碗三江的油茶。

沙溪唢呐

正月初三，我们奔赴沙溪玩洞村寻找唢呐王。

会同县沙溪乡以其独特的唢呐艺术，于 1998 年被省文化厅命名为"湖南省群众文化艺术之乡"，2003 年被国家文化部誉为"全国唢呐艺术之乡"。据祖辈传说，唢呐自明初从邻近的贵州省传入，至今已有六百多年的历史。唢呐自此融进了人们的日常生活：生育、丧葬、立屋上梁、开张典礼、佳节、喜庆都要恭请唢呐乐队助兴。唢呐匠以此谋生，沙溪唢呐也得以持续不断，代代相传，现已流传 23 代。

沙溪唢呐有一百多个曲目。不同地点用不同的曲调表达。听得懂的人，可以从唢呐的曲调中知道，吹唢呐的到了哪里，正经过什么地方。唢呐匠的诉求也可用不同曲调表达。比如，口渴了，他们会吹某种曲调，主人家就会赶紧安排人给唢呐匠送去茶水。

一路上汉立老师给大家普及沙溪唢呐的知识。这是我第一次听说唢呐的相关知识。唢呐这种民间乐器总是出现在一些乡土题材上的电影电视剧里。那种在空旷的荒原上骤然响起的唢呐声，像一个孤独的人发出的声声呐喊。如怨如慕，如泣如诉，一股凄凉与悲怆劈空而来。

到得玩洞，刚好碰上邀约我们的那户人家准备吃饭。吃着土鸡、扁鸭、腊肉，品着农家酿的刺冬子米酒，聊着过年的话题，其乐融融，乡味十足。

直到晚饭后，我们才终于见到沙溪唢呐王林景。汉立老师说："这唢呐王可不是随便封的，是在唢呐大赛中选出来的呢。"

唢呐王林景，今年六十多岁了。灰白的头发一根根竖着。他精神矍铄，声音洪亮，中气十足。我想那是吹唢呐长期练就的吧。在他时常发出的哈哈大笑中，我感受到了这个老人的爽朗乐观。一提到唢呐，他就有说不完的话，而脸上自始至终都洋溢着快乐的笑。

他从袋子里拿出他的宝贝，四支高矮长短不一的唢呐。看其外形，是几支有历史有故事的唢呐。他说这两支短的声音又尖又细，叫炸子；长的则声音低沉舒缓。唢呐由吹气、喉、管、喇叭组成。其中一支唢呐已有百多年的历史，是林景的祖父流传下来的。曾经红色的紫檀木管身上了一层包浆，如今已经变成黑色，在灯光的照射下，发出温润的光泽。这根凝聚着三代人心血的唢呐，参与了无数红白喜事，见证了无数的悲欢离合，乐也吹，悲亦歌。

林景八九岁就跟着父亲学吹唢呐。学唢呐的原因很简单，因为出去参加一场红喜或白喜，总会有些经济来源。这经济来源是养家糊口的重要保障。当然，除此之外，还有耳濡目染潜移默化的原因。小时候的林景是真的喜欢唢呐。跟着父亲学吹唢呐时，他走路、放牛、砍柴、插秧，嘴里总是哼着古老的工尺谱上的曲子。

沙溪唢呐曲调讲究，曲牌繁多，流传的唢呐曲牌有200多个。玩洞村老艺人林世桂保存着三代流传距今两百多年的手抄残本工尺谱，仍可见到56种曲牌。唢呐艺人都能识谱、读谱，对工尺谱哼唱如流。少年林景恁是记下其中的一百多个曲目。在学唢呐的过程中，所有的曲目他都会吹了，但是不会换气。换气才是学唢呐最最难的地方，换气要自然顺畅不露痕迹，而这样的功夫如冰冻三尺非一日之寒。

他说，在12岁的某一天，忽然就会换气了，犹如醍醐灌顶。但我知道这是他长期积累和训练的结果。量的积累终于有了质的变化。功夫不负有心人。

在沙溪仅有两人会制唢呐，但一个已去世，一个已八十多岁。制唢呐最难的是打孔定音。每一支唢呐都是手工精心打磨出来的，无法用模板进行复制。每打一个孔，都要吹一下。做唢呐的管子可以是昂贵的紫檀木，也可以是大山里出产的秤杆树。如今，随着沙溪唢呐的衰弱，制作唢呐的手艺几近失传。

我们说："唢呐王，您给我们吹一曲吧。"

他定了一个调，然后吹起了《兵哥哥》："兵哥哥啊兵哥哥，妹妹心中的星一颗……"

安静的山野响起了洪亮、古朴、粗犷的唢呐声，四周忽然安静下来，大家都静静地看着唢呐王。而这支充满了相思意味的歌曲，经唢呐一演绎，在这暮色四起时，却有道不尽的苍凉。

有人喊他："老伙计，他们说闹起来呀。"

"好咧。"

有人马上拿了一张长凳放在拼接的八仙桌中间，在凳子上挂上铜锣。唢呐吹奏通常是两只唢呐为一组，上手为婆，下手为公，以婆为主，公婆两只唢呐相互照应，一唱一和，其乐融融。而演奏时以鼓的节奏为主，配合鼓点演奏，然后配以铜锣、铙钹，增强节奏感和气氛，有时也彼此穿插，调节乐曲。

敲大鼓、铜锣、小锣、铙钹的人忽然就都出现了。林景的伙伴另一个唢呐匠也从人群里冒出来了，和他并排坐在一起。两人拿出了大号唢呐，吹起了我听不懂的曲调，但我懂得其表达的欢乐的情感。大鼓咚咚咚，小锣当当当，铙钹呛呛呛。旁边两个男人手拍八仙桌，打着节拍，身子跟着一起一伏，一脸陶醉的模样。一时间，气氛就热闹起来。大家以他们为中心，聚拢在一起。

路灯照着穿黑色、灰色、蓝色衣服的乡邻们，画面色调低沉却与乡土色泽不谋而合。此刻，声声唢呐表达的是人们内心的欢乐。只是，我听来总觉得有一丝伤感，也许因为这唢呐是植根于乡土而产生的一种乐器，而这厚重的乡土有太多的悲欢离合吧。

我拿出手机，记录这即将消失的场景和唢呐演奏。看着镜头里的人们，看着这原生态的艺术表演，我感受到了乡野人热气腾腾的生活，他们兴兴头头地活着，不管命运给予他们什么。吹奏者、打拍子的围观者，都淋漓尽致地抒发心中的快乐。这肆意的、自由的、生活的姿势是多少人所缺乏而向往的。

唢呐这种乐器以服务于"红白喜事"为主，红喜是生，白喜是死。一支唢呐既欢迎新人，又抚慰亡灵。以前，在迎亲的队伍中，除了接亲的人，便是唢呐匠。灵堂里，陪伴着亡者的除了亲人便是唢呐匠；人生的最后一程，也需唢呐匠相送。唢呐匠那从岁月中，从世间万千悲欢离合中磨砺出的气质，使得他们在任何场合都气定神闲，悲喜不显于脸色。

因沙溪地处偏僻，唢呐这一民间艺术才得以保存下来。但是现在情况也不容乐观。我们丰富的民间文化呈现荒漠化的趋势。实际上，很多古老的曲目，在民间已经很少有机会上演了。甚至迎亲已经不用唢呐匠了。丧葬中，唢呐的声音也常常被歌舞表演队的声音盖住。我想起电影《百鸟朝凤》里的一个场景：西洋乐演奏队和唢呐班的较量，最终以唢呐班的失败而告终。这是传统文明与现代文明的较量。

休息间隙，林景说，现在年纪大了，没力气吹了。年轻人又不肯学，这唢呐怕是也要消失了。

时代就像一棵树一样，新叶翻旧叶；也像海一样，后浪推前浪。一些东西不可避免地被取代，被遗忘，甚至消失。我们能不能找到一个好的方式，把它们留下来？

信物

　　喜妹姑姑订婚了，我们未来的姑爷是乡政府里的一名干部。喜妹姑姑脸庞圆圆的，像一轮皎洁的月亮；两颊白里透红，就像那春天的桃花一样好看。现在，按照我们这里的规矩，她得亲手给我们的姑爷做一双鞋，算是礼信。

　　给姑爷的那双鞋得喜妹姑姑亲自完成。四奶奶和喜妹姑姑坐在火炉旁，火光在她们脸上闪耀，一会亮一会暗。她们把米浆放在鼎罐里熬，熬成浆糊。四奶奶用竹筷搅拌着米浆，感觉它渐渐变得粘稠，然后倒进脸盆里。把准备好的各色布浸泡在米浆中，再一张张平平整整地贴在门板上，搬到太阳底下晒干。这道工序叫打布壳子。等布变硬再拆下来，这就可以按照鞋样来剪鞋底了。四奶奶把贴在火炉壁上的棕壳子拆下来，依着鞋样剪了两只棕鞋底。

　　布壳子和棕壳子剪成的鞋样用糍粑熬制的浆糊粘贴在一起。然后往上面一层一层贴布，裱糊成厚厚的鞋底。每贴两三层就依着鞋边缘把多余的布剪掉。鞋底贴好，就着手纳鞋底了。纳鞋底得先准备鞋底索。

男人七岁进学堂，女人七岁拿麻篮。麻篮，就是装麻的竹篮。麻是用来纺线织布的原料之一。麻，生命力强，生长快，一年可收三季。茎直立，表皮密布短柔毛，皮层富含纤维，正是做线的原料。掌状叶边缘具粗锯齿，上面深绿色，有粗毛，下面密披灰白色毡毛。有的人皮肤碰到了，会瘙痒，过敏。

等麻杆变黑或者麻树结籽就可以砍麻了。捆好的麻杆浸水里数小时后，就着手剥下树皮。用麻刀刮树皮的里层，外面的壳便一块一块地掉落下来，剩下的就是白色的植物纤维——麻。麻线晒干后就可以搓鞋底索了。我们这里称楼上的走廊叫纱栏，可能就是因为那栏杆就是用来晒麻晒纱的。在那些逝去的年月里，几乎家家纱栏上都晒着淡黄色的麻线，像京剧里面花脸戴的白胡须一样，粗糙、蓬松。

夏天的午后，阴凉的巷子里、屋门口常会看到坐着搓鞋底索的女人们。她们裤脚挽到膝盖上。两条麻线并排放在膝上，左手捏线头，右手压住两根麻线一搓，就拧成一股绳，这就是"索"。平时放牛或者空余时间，女人们常在搓鞋底索。膝盖搓得绯红，甚至搓脱了皮。而时间则变成了长长的米黄色的鞋底索，盘旋在女人们的脚边。生活即使是一团麻，这些女子也有把它捋顺的能力，甚至搓成牢固的鞋底索，扎在厚厚的鞋底上，借着它走过万水千山而不言苦。

搓好的鞋底索折成相同的长度，有序地捆在一根鞋底索上。索子浸湿，放草木灰里打滚，之后放在鼎罐里和水煮。煮好后端到溪边捶打，以脱掉上面的麻浆。清洗干净晒干，晒干再煮再捶再晒。这样的工序一直重复到鞋底索变白变软，麻浆脱尽为止。

天热做线，天冷做鞋。在乡村的冬天里，姑娘们和奶奶、妈妈、嫂子、伯娘们挤在火炉上或者坐在太阳底下学做鞋，为未来那一双做定情信物的鞋做准备。

喜妹姑姑只要有空，无论走到哪里手里都拿着一只鞋底。为了防止手心出汗使鞋底变脏，还用一块白布包住鞋底。冬天的村子浸泡在暖阳里，镀上了一层淡淡的金色，嫩绿的油菜是田野唯一的绿色。公路边的树叶子落光了，疏朗得成了一片薄烟。远山变得朦胧。喜妹姑姑和村里的姑娘、嫂子、长辈们坐在六毛公公家的墙根下晒太阳。她解开缠绕在鞋底上的索子，开始纳鞋底。针头钻进鞋面，借助右手中指的顶针，使劲往布里挤。几十层布、两三厘米厚的鞋底，针不是那么容易进去的。哧，哧，哧，这是有节奏的拉线的声音。线拉到了头，还得再紧紧，这样鞋底才紧实扎实。

喜妹姑姑长长的辫子垂在胸前。阳光里的风拂动着她的刘海。她专注地埋头纳鞋垫，那有节奏的拉扯鞋底索的哧哧的声音，使得四周格外安静；连旁边人说话的声音都变得遥远，只隐隐约约听得几个词来。那在鞋底上留下的规整的细密匀称的线迹，横看、竖看、斜看皆成行，像留在雪地里小鸟的爪印，又像点点米兰。

做鞋面的黑色的灯草尼已经买好了。灯草尼因布上的绒条像一条条灯草而得名。灯草尼同样要打成坚硬的布壳子，鞋面才立得起来。剪好的鞋面像张开翅膀一飞冲天的燕子。鞋面对折，在中轴线两边钻孔安上鞋扣，这鞋扣是装饰也利于透气。鞋面要用黑色的布包边，包边要圆溜、流畅，针脚要美观匀称。准备好了就开始绱鞋，把鞋面和鞋底缝合在一起。

一双布鞋终于做好了，这双充满了温度、耗费了心血的布鞋，承载着姑娘对爱情和婚姻许多浪漫的想象。四奶奶用红纸剪了一对鞋样，放进布鞋里面。一场亲事正在慢慢靠近，静等着鞋的主人把脚放进这双白底黑面、黑白分明的鞋里。

姑娘想象着姑爷穿着她做的暖和舒适的鞋子上班下班，想象着这双穿着布鞋的脚走过那么多路，每一步都离不开这布鞋的陪伴，就好像是自己时时刻刻陪伴在他的身边一样，心里便充满了甜蜜的味道。

姑姑把鞋子放进箱子里收藏好，嘴角的微笑像春天枝头的花慢慢盛开，清澈的眼眸波光潋滟……

笺香

我打开收藏的一封封信笺,这许多的信笺大都是我的朋友写的。那时,他们有的在沿海打工,有的在学校复读,有的在大学读书。它们让我清楚记起那些青葱岁月里的美好往事,那些同窗共读中结下的珍贵情谊。它们构成了一张地图,是我们所经岁月的信物,在我们回望往事时依然清晰地记得来路而不至于迷失方向。当我们遗失在人海,这些信笺依然会把我们联系在一起。就好像明清小说《霞笺记》,那一对相恋却命途多舛的有情人就是凭借当初各自保留的一张霞笺再次相认,最终有情人终成眷属。

笺,本指狭条形小竹片,古代无纸,用简策,削竹为小笺,系之于简。后东汉蔡伦改进造纸术,人类文化传播突飞猛进。从此以后,纸成了书信最便利的介质。据《唐音要生》载:诗笺始薛涛。薛涛自贞元初被罚赴边回,退隐于成都西郊之浣花溪。浣花溪人多从事造纸业,但因纸张篇幅较大,写小诗浪费纸张。于是,她在成都浣花溪采用木芙蓉皮作原料,加入芙蓉花汁,制成深红色精美的小彩笺,即为薛涛笺。薛涛笺多用于写情诗情书，表达爱慕思念之意，在当时及后世极为流传。精致的笺由一个美丽的才女创制，多了一些浪漫与女子的心思。

"黄柏一斤，捶碎，用水四升，浸一伏时，煎熬至二升止，听用。橡斗子一升，如上法煎水听用。胭脂五钱，深者方妙，用汤四碗，浸榨出红。三味各成浓汁，用大盆盛汁。每用观音帘坚厚纸，先用黄柏汁拖过一次，复以橡斗汁拖一次，再以胭脂汁拖一次。更看深浅加减，逐张晾干，可用。"这是《遵生八笺》上记载的染宋笺色的方法。

笺，可谓植物、水、矿物与时间烹制的一场盛宴。

"用云母粉，同苍术、生姜、灯草煮一日，用布包揉洗，又用绢包揉洗，愈揉愈细，以绝细为佳。收时，以棉纸数层，置灰缸上，倾粉汁在上，湮干。用五色笺，将各色花板平放，次用白芨调粉，刷上花板，覆纸印花纸上，不可重拓，欲其花起故耳，印成花如销银。若用姜黄煎汁，同白芨水调粉，刷板印之，花如销金。"这是在笺纸上印金花银花的方法。

从此，这种印有花卉鸟兽、山水人物、天文象纬和服饰彩章、小幅华贵的笺，满溢着书卷气息、典雅的笺，逐渐流传开来，用以题咏或写书信。

从一种植物到一张纸，再到一张精美典雅的信笺，这其中凝聚了多少人的细心、耐心、巧心、匠心和慧心。而当这样的信笺承载着人们的情感、故事时，它便有了灵魂，作为岁月的信物得以一直保留。

"欲寄彩笺兼尺素，山长水阔知何处！"

"洛阳城里见秋风，欲作家书意万重。复恐匆匆说不尽，行人临发又开封。"

"江水三千里，家书十五行。行行无别语，只道早还乡。"

"东望山阴何处是？往来一万三千里。写得家书空满纸！流清泪，书回已是明年事。"

一纸信笺承载着重山般的愁，穿越万水千山，作为真情的信物落在另一个人的掌心，表达见字如面的思念和深情。

　　而读古人的信笺，乃得见千年前的风格面貌。虽寥寥几语，却形神具备，如斯人宛在眼前。

　　"不得执手，此恨何深。足下各自爱，数惠告，临书怅然。"这是王羲之写给朋友的手帖，手帖即文人间的书信便条。因为书法之美，流传下来，成为后世临摹写字的"帖"。"不能执手，此恨何深"，一代书法名家写一封信竟只为表达不能执手的遗憾。其"执"字如奔，好似要去拉住那下面的"手"，尽显急切向往之意；"手"字笔画厚重，俯仰生姿，显出书写者对手的深情厚谊。情之切切、遗憾之深尽显其中。千年之后的今天，再读信笺，得见魏晋风骨：率直任诞，清俊通脱。

　　"仆领赐至矣。晨雪，酒与裘，对症药也。酒无破肚赃，罄当归瓮。"这是徐渭回给张元忭的信。徐渭一生郁郁不得志，曾寄宿在有恩于己的张家。下雪天，张送来了御寒的白酒和皮裘，便写下这封信。用现代人的话说，下雪天，裘衣和酒最配。酒喝完了再退还你酒缸。困境中卓然不俗的风骨尽显其中。

　　"绿阴深处，舣舟载酒，相待久矣。主人翁须亟来，借芰荷风泠然醒之。否则一片清凉，恐彼终付瞌睡中耳。"这是张惣《与周栎园》的书信。荷花盛开，绿影深处，凉风习习，舟中备酒只待友人快来，共享这悠闲自在的午后时光。文人的荷风清气扑面而来。

　　而一张张信笺若累积成书，竟也可以是一个时代命运起伏的凭证，比如《曾国藩家书》《傅雷家书》。正是这些流传下来的信笺，使后人得以进入未曾亲历的朝代，了解世事风云的真相，得见斯人情怀。我们也凭借这些得以与前人相认，得知来路何处。

　　"我一辈子走过许多地方的路，行过许多地方的桥，看过许多次数的云，喝过许多种类的酒，却只爱过一个正当最好年龄的人。"

这是沈从文写给张兆和的情书里的一段话。在追求张兆和的过程中，沈从文写了一百多封信笺给她，终于打动了才女张兆和，成就了一段佳话。这样美好的文字以信笺的方式流传至今，作为一场风花雪月的信物，成为人们心中永开不败的花。

　　但风云流变，时过境迁，这些蕴藉雅致的笺纸，已渐渐从日常的书写，转为岁月的珍藏。

　　谁还会研墨提笔，用朵云轩的信笺，给远方的人写一封信呢？

第四辑　山水清音

穿岩山的木

行走穿岩山，发现木是穿岩山的主旋律，是穿岩山的灵魂所在。

无论我走在情侣谷还是徜徉在普安冲的山谷，或者去往溯溪观瀑，清凉的风与流水始终相伴左右。怎么会有这么多的凉？这简直就是夏日的奢侈品。我左顾右盼，寻找风的源头，水的源头。

我问导游，这么高的山上怎么会有那么多的水？她说，我们这有句话，叫高山出好水。但是，我们也不知道这水的源头。你看溯溪瀑布，我们也试着去找过它的源头，但是，看到的是丛生的荆棘，我们也不知道那些水到底是从哪里来的，而且源源不断。

我环顾四周，满目葱茏。我知道这水和风是从哪里来的了，是从树叶尖尖滴出来的，是从草中长出来的，是从岩缝里渗出来的，是从淙淙的流水中生出来的，是这漫山遍野的绿里冒出来的。

无论是散落在大山上的民居、猪栏酒吧，还是雁鹅界有着五百多年历史的传统木建筑，以及景区里的小木屋，无不与木有关。在雁鹅界，在普安冲，在枫香瑶寨，我抚摸着木，欣赏着木，喜爱着木。无论是经历风雨的老木屋，还是金色的新木屋，都纹理清晰，其中和之气与大山和谐圆融地在一起。我想在这木屋里住下，夜晚，枕着溪声入睡，在木香里酣眠；清晨，从鸟鸣声中醒来，呼吸清澈的空气。可惜山外是我不得不回的地方。我只是穿岩山的一个过客。

行走穿岩山，我特别佩服开发者的眼光与智慧。中国人自古以来就崇尚和谐之道，追求自然和谐的生活，而木取之于自然，能耗小，污染小，材质优，正契合人们追求和谐之道的心思。这里眼光所及全是木。人们因地取材，就地建屋，把木全方位融进了生活中，环保、舒适、自然。

一项研究表明：木材具有养生功能，木材中的芬多精与负离子能够杀死空气中的细菌；木材对紫外线具有吸收功能和反射作用；木材具有调湿的特性，通过自身的吸湿和解吸作用，使室内温度变得均衡……树木成长于天地之间，每时每刻都在吸收日月的精华，因而它们是有灵性的。它作为一种有灵性的材料，能使人放松心情缓解压力。木又是长寿的象征，即使千年过去，我们依然可以闻到木里散发的幽香，那是它不竭的生命力。木头的灵性、温润、仁爱、长寿恰好符合人们美好的心愿。

木尽管有这么多的作用，默默地护佑着人们，却还是渐渐被人遗弃。如今乡村木屋被弃之如敝履，被砖房取代，日益消失。而穿岩山的木屋却得到了很好地保护。

当我站在雁鹅界古村落，看着白色的翘角飞檐在灰黑色的瓦上、在碧绿的稻田、在青山间飞扬时，看到山水与木屋相依，看到村民们在木长廊下的木凳上歇凉聊天时，我无限地眷恋这个充满着木香的幽静地方。我也坐在木凳上和村民们聊天。"你们这里为什么没有人卖东西？景区不是都有人卖东西的嘛？"他们笑了，说："我们这里不卖东西，偶尔有人卖凉粉，不过得天气很热的时候。"

村子里，房前屋后路边尽是哗啦哗啦清澈的潺潺流水，比山风更冰凉。是的，这里哪里需要卖东西，喝一口清凉的风，掬一捧甘甜的山泉水，就足以消除旅途的疲惫，治愈你在生活中摸爬滚打留下的伤痕。路遇一条小狗，我被吓了一跳。没想到，它竟然惊慌地跳到路边的篾上，等我走过去了，它才跳下来跑了。这实在是让我惊讶。

  站在雁鹅界的木屋前，面对着连绵起伏的群山，一种开阔与旷达油然而生。此刻中午，蓝天白云下，远山也蒙上了一层蓝，变得美丽婉约。我能想象得到，早上，云雾缭绕之时，这些在云端之上的木屋，像朵朵盛开的木莲，充满了禅意；夕阳西下，它们又像朵朵睡莲，合拢近来，在山的怀中安然休憩。这让我想起了李乐薇的《我的空中楼阁》：（小屋）白天它是清晰的，夜晚它是朦胧的。每个夜幕深重的晚上，山下亮起灿烂的万家灯火，山上闪出疏落的灯光。山下的灯把黑暗照亮了，山上的灯把黑暗照淡了，淡如烟，淡如雾，山也虚无，树也缥缈。小屋迷于雾失楼台的情景中，它不再是清晰的小屋，而是烟雾之中、星点之下、月影之侧的空中楼阁！

  在情侣谷，有两栋典型的瑶族民居：一层楼，上面盖着矮矮的阁楼。导游说，这是从别处买来的木房子，他们不要了，我们买来建在这里。当大家在肆意毁掉木屋而追求小洋楼时，他们却抢救性地保护着这一传统建筑。

  这个住在山肩、山顶的民族，依然在这喧嚣的世界里过着安静的日子。风动，幡动，我心不动！我也最终发现，我们需要的其实是一溪凉风，一坡青山，一栋木屋，一种简单的生活。

龙门古镇的雨

如今我再来回想龙门古镇，便剩一个"雨"字了。

下车遇雨。只见牌楼在雨中，"孙权故里"四个大字也在雨中。古镇背后的青山间飘荡着一缕缕白色的云雾。买票入门内，经过一个圆圆的月光门，门边掉下一嘟噜金色的凌霄花，沾着雨水，楚楚可怜。白色的月光门映衬着碧绿的叶子和三两嘟噜凌霄花，有国画的布局。我一下便喜欢上了这个古镇。古镇人们是喜爱凌霄花的。在白色的院墙上总有凌霄花的身姿。一堵飞檐翘角的马头墙上，凌霄花繁盛地开着，就好像一个老顽童戴了顶插满鲜花的帽子一样，真是俏皮可爱得紧，让人忍俊不禁。

古镇笼罩在蒙蒙烟雨中，巷子里少人走，家门口也不见人影。往前走几步，总算看到路边一个妇人在炸什么东西，旁边竖着一块牌子，上面写着"炸面筋"。哧——，哧——，油锅里连续不断地发出这样的声音。在来之前，姐姐和姐夫就告诉我们，到了龙门古镇，一定要吃那里的面筋。

面筋和孙权有关，流传至今已有一千余年的历史。据说孙权出征前，他的母亲为他特制了这道面筋，让他带着上路。孙权称帝后，每逢佳节，必以此为上等佳肴宴请群臣。孙权历代后裔继承本家传统配方，用手工精制成风味独特的面筋，代代相传，绵绵不息，成为传统。似乎每一道食物的背后都有一定的渊源。人们在用一种食品铭记一份真情、一段历史。它承载着世间最美的情意，而从此，它也成为了一个地方的标签。比如湘西的腊肉，每一个身在异地他乡的湘西人听到这两个字，哪一个不是泪眼婆娑地说，那可是家乡的味道呀！

面筋入油锅炸至金黄，皮脆酥香，肥而不腻。沾上陈醋或辣酱，一口咬下去，嚼劲十足。老板告诉我这面筋裹了鲜猪肉、笋干、榨菜等馅。当然还可以裹别的馅，比如鸭肉、猪肉、牛肉等。

巷子里隐隐约约听得到一些音乐。我仔细一听，发现是从路边那些屋子里传出来的。古镇里隐藏着一些酒吧、茶馆、旅店。但在这雨天，因为游客少，它们显得特别的静谧落寞。

我们拐进思源堂。思源堂为孙权第二十八世孙孙治的宗祠。思源堂三间二弄，中间天井，前面门厅，左右走廊，八字门前有旗杆一对。思源堂牌匾上的木雕栩栩如生，福禄寿喜财分别表达着人们对幸福、升官、长寿、喜庆、发财的愿望。天井里两个大水缸，里面养着几株莲。碧绿的荷叶上躺着晶莹的水珠。荷花带雨，粉面绿裳，宛若佳人，使得整个思源堂变得生动起来。思源堂之"思源"不知是否取自"饮水思源"之意，以此来怀念祖先。

从思源堂出来，雨停了。我们穿过铺满鹅卵石的街道，继续探寻古镇的奥秘。雨打湿了鹅卵石，踩在上面有点滑。这鹅卵石光滑，有了层包浆，不知道它们存在了多久，见证了多少历史的风云。两旁是店铺。也因为雨的缘故，游客少，店主都沉默地坐在柜台后面做自己的事。

整个古镇因为雨，变得异常宁静，没有了商业带来的喧嚣。我心里感谢着雨,感谢它给予我一个安静的古镇。我们在一些破败的旧房子里穿梭,看着岁月如何把一个小镇渐渐变得古老、衰败。我不知道是昔年的境况更为繁荣,还是现世的生活更为美好。我只看到一个古镇没落了,很多房子只剩下残垣断壁,昔日中式的厅堂以及厅堂中摆设的中式家具皆不见,只剩下一堵围墙,几扇大门。只能从那高高的门头去想象昔年深宅大院的繁华热闹。

我们来到砚池。这里是整个古镇最为经典的一处景物。白墙灰瓦古色古香的建筑映照在池塘里,有一刻真的以为自己穿越时空,来到了古代。

忽然雨又从天而降,我们赶紧躲进砚池旁边的明哲堂。明哲堂门厅内坐着几个老人。他们望着门外的雨慢慢悠悠地聊天,和这雨天的氛围极为协调。我们进了第二进厅堂,看到上面有一块木板刻着明哲堂的简介。我才知道,这是孙权第四十一世孙润玉所建,俗称五边亭。前后三进,为门厅、正厅、后堂,间以两个天井,四周环以本房民居。独立成院,是龙门古建筑中厅堂组合院落的典型代表。我们现在就在正厅,正厅里摆放着一些农耕用具,再无其他。

我们坐在凳子上等雨停。雨从天井边的瓦檐上汇聚到天井里。天井里长满了绿草,绿草中矗立着两个孤零零的大水缸。水缸上面浮着几片睡莲的叶片,不见花开。雨水打在水面上,打起很多水泡,溅起一朵朵水花。草儿在风雨中颤抖。整个古镇只听到这哗啦啦的雨声。一股悠远的古意弥漫开来。我彷佛坐在六百年前的明哲堂:四道雨帘哗啦作响,随风飘动;厅堂地面清幽,中式的茶几、椅子摆放整齐;茶几上新泡的茶飘散着芳香和白色的热气;只是主人不知去了何处。

我忽然感觉到一种孤独,这是明哲堂的孤独,是整个古镇古建筑的孤独。没有人理解它们的孤独。它们受损的躯体无人关注,它们本该保持的样子无人维护,被关闭的门扉内只剩空荡荡的院落。随着故人去世,它们也跟着逐渐消亡。它们再也回不到过去。我想起一路走来看到的那些残垣断壁、紧闭的门扉上面生锈的锁、逐渐干涸的小溪，无限惆怅。这似乎是所有古镇、古村落的现状和命运。

雨停了，我们跟随着路标走向老东西博物馆。在这里真的看到了很多令人震惊的老东西。木窗、木门、牛腿柱、桌椅、梁柱、拱斗、枋头上的雕饰错综而和谐，富丽而古朴，非常精巧。雕饰有山水、花鸟、人物等图案，其人物多取于戏曲、舞蹈、历史传说、神话故事等。我的眼睛忙不过来，我的惊叹一声接一声。从这些收藏的老东西里，可以想见了昔日古镇曾是怎样的繁华与奢侈，人们的生活是怎样的高雅、精致、闲适。

对于它们，我只不过是一个匆匆的过客，无论我怎样迷恋这些老东西，我什么也带不走，我也不想带走什么。它永远只属于这里。

我走出博物馆，恰见一群游客正坐在雕梁画栋的戏台下面看戏。天空乌云密布，八月的天气异常闷热，一场大雨又从某处赶来。戏台上，梁山伯和祝英台正在唱一曲《十八相送》。忽然大雨骤然而至，浇跑了看戏的人。我独自坐在屋檐下，看雨水打湿地面，打在院子的草木上，屋檐上，又从屋檐上流下来形成一幅幅雨帘。因为雨，我得以暂时独自享受这一院风景，欣赏这为我一人而唱的《十八相送》。这是雨给予我的馈赠，我沉醉在这阴郁的雨天，觉得时间倏忽来往，我一会是六百年前的古人，一会是今天的游客。透过雨帘，我看见梁山伯和祝英台轻舞水袖，转身分开，音乐里传来伴唱：

临别依依难分开。心中想说千句话，万望你梁兄早点来。

我知道，雨停时，我也该离开这里了。

苏醒的石头

　　石头是这里的原居民。它们在这里居住了多少年，无人知晓。

　　它们记录了氽岩沧海变桑田。岩石上有珊瑚的体态，有鱼儿的身影、贝类的形状，有千年的风万年的雨，甚至还长出玫瑰的图案。它们以26个字母的形状，以龟、金丝猴、玉兔等动物的模样蛰伏在松林、枫林、柏树林。

　　山也各有姿态。笔架山、帽子山、鸡冠山……一陈列在你的眼前，用它们的姿势告诉我们这里曾经文人辈出，底蕴深厚。

　　雄浑的大山，苍茫的原野，总是让人心生一股豪气。我们站在山顶，我们很少有机会站在一座山的山顶；当我们站在这海拔八百多米的山顶时，我们常常忽略了一些什么东西。我们这些外来者，这些匆匆过客，常被新奇的景象所迷惑而慨叹大自然的鬼斧神工。

　　当我们从石林里走出来，翻过山坳，一个隐藏在山中的村子忽然出现在眼前，我们说，那不就是陶渊明的世外桃源？层层梯田在房子的旁边延伸，桃花、梨花、野樱花在房子的附近盛开；屋舍俨然，阡陌交通，鸡犬相闻；鸟在房子后的树林里宛转地叫，狗在屋前庭院玩。村寨古朴典雅，古韵悠然，有隐士风范。村里谁在敲打着什么东西，发出"梆梆"的声响。声响像波浪一样层层铺开，笼罩着整个山谷；几个女人的声音骤然响起，冲上天空，向四周扩散。原来空旷苍凉寂静的山野忽然有了人间烟火气息，那样亲切温柔又盛情款款地迎接我们的到来。

靠近村子，又发现石头以石板路、石头墙、石头坎、石头檐、石头房的方式渗进人们的生活。脚踩的是石阶路，手触摸的是石头房，目之所及的是一层层用零碎的石块规规整整、服服帖帖砌成的护龛。

石头成了这里最美的风景。

行走在村寨里，只见房子依山就势顺坡而筑，然后一条条石阶路把它们串联起来。灰色的石墙在房子的四周看家护院，守护了一代又一代。每家每户门口的护龛上都留一个四方的洞，那里是土地公公的家。这里历史遗存风貌完好，地形处理、规划手法、构筑技巧令人叹服。这里没有所谓的规划师、建筑师，人们不过就地取材，因地制宜，却用石、木、土、瓦造出这样独特的山寨建筑群。这是一个几代人精心打造的艺术品。

我们在这里欢笑，在这里留影，在这里欣赏，在这里惊叹。我们看不见那记录在石头上、山林中、悬崖上、屋檐角的寂寥、艰辛、孤独、梦魇、抗争、绝望、哀叹、危机……

在此后的数小时里，我才知道佘岩并非完全是我们眼中的佘岩。村子里的人们千百年来靠天吃饭。这里缺水缺粮，特殊的地势蓄水困难。山顶有一丘田，当三月春水从地下汩汩而出，田便成了一汪水塘。可是半月后，一汪塘水会在一夜之间消失不见。不是上天，而是下了地，这个竹筛一样的地方，留不住大自然馈赠的水源。最让人心疼的是那些带着身心残疾降临到这个世界孤独生长的为数不少的残疾人。

我沉默了。今天，人类社会已经拥有了高度发达的科技文明，我们已经可以让人类的脚印踏上其他星球。但是，佘岩却难以维持基本的温饱，无法保证基本的营养。大山阻断了通往外界的路，石头妨碍着粮食的生长，贫困如石头坚硬，顽固，无法拔除，成为萦绕佘岩驱之不去的阴影。

我震惊于我听到的这些。而此刻，我的家乡，碧蓝的天空下，大片金色的油菜花开得正浓，村里的孩子们在田野间奔走欢笑，小桥下的流水碧于天，正是春天最美的模样。而这里，山高，水缺，石多，粮少，辛酸的故事多，幸福的滋味少。它像一棵长在悬崖峭壁上的松树，不得不紧紧抓牢土地，在艰难中生存。

我惊讶于我所看到的听到的。我涉足的范围有多窄，对生活的认识就有多肤浅。在看不见的地方，有在生活中苦苦挣扎的他人。忽然觉得，那些吟咏花好月圆的文字是可耻的。

幸好，佘岩在苏醒。

佘岩因伯乐的到来而苏醒，这奇特的风景，古朴的石头房子，深厚的人文底蕴深深地吸引和打动了他。在他眼中，佘岩的石林是中国远古海洋生物化石地质公园，原汁原味的石头房子是承载乡愁的意象，而站在这高高的山顶可以感受天地之悠远，感怀自然之伟大。他们像佘岩的修理者，缝补漏水的田地；他们守护那些古老的房子；他们挖掘风土人情、地方文化；替佘岩守护这祖辈留下来的遗产……

同样的事物，不同的眼光，有的人看到了贫困落后，处处为难；有的人看到了财富和机遇，并努力践行之。佘岩变成图片、文字，借助互联网飞出山外。像风吹动一棵树，树摇动一片森林，不断有人来到这养在深闺人不识的佘岩。

来了一群画家，他们用画笔描绘佘岩的人、事、物，描绘它的古朴，也描绘它如巨石般沉重的苦难。临走，他们说，我们还会再来的，得为佘岩做点什么。

来了一个公益组织。他们划出一块用做公益营地的建设用地，命名为蛮山。他们要利用㿟岩的古朴建筑、地域优势、侗乡风情、农耕文化，建立营地，将城市里面的孩子带到乡村，培养他们霸蛮、耐烦、吃苦、敢为人先的湖湘精神。

而今天，我们来了。我们在这里行走，在这里被㿟岩的先行者们深深感动，也在这里深深地思考。

田里有人在用小型耕田机耕地。大伯，准备种什么呢？

这是旱地，用来养花；那边的湿地用来种红米。你来早了，再过一个月这山里到处是花啦。

我眼前的地里，忽然冒出一朵一朵的花，它们像蝴蝶扇动翅膀，用明艳的色彩、袅娜的舞姿擦亮了灰暗的眼睛，照亮了灰扑扑的山野，抚慰着这块曾经苦难的土地。

我忽然明白，有那么一些人，其实就是曙光。他们驱散黑暗，照亮他人，唤醒沉睡的人们：加油哦，新的一天开始啦。

"无穷的远方，无数的人们，都和我有关"。也许行走㿟岩的意义就在于让我们深刻理解这句话，并明白了自己的责任所在。

那么，为了苏醒的石头，我们继续前行吧。

桐花最晚今已繁

  暮春时节,我陪着高三的学生去了一趟飞山。蜿蜒的盘山公路两边绿树浓荫,常见到从山坡上坠落一些碎银玉珠。它们沾在草叶上,草色变得格外润泽,清凉。水珠们像好奇的孩子从山坡上跌跌撞撞蹦到山脚,却发现没有什么值得稀奇的事,便沿着水渠,哼唱着去别处玩了。

  山重水复,美景像一道道门,一扇扇为我打开。为这美景配乐的便是山间的风和风中的鸟鸣与水声。一路上闻得林间暗香浮动,转过一道弯,竟见,在湛蓝的天空下一树洁白的桐花怒放。这春季晚开的花,恬淡、沉静、素雅,与世无争,像从天空中掉落的一朵浓云,让人心醉。洁白的花铺满了整个树冠,就像一位擅长写赋的诗人,用尽毕生才学挥就了这篇声律协调、典雅华美的辞章。

  我朝它奔去,却见树下落花遍地,铺了一地洁白的雪。喇叭形状的花还是鲜嫩可人的,朵朵都充满了生的渴望;红色的、鹅黄的花蕊还是清新可爱的,在风中微微颤动。满地的落花浪漫又伤感。

  在这悲壮的落花背后,鲜有人知桐花是雌雄同体:雌花雄花在树上

139

传粉，雌蕊授粉以后，会结成桐油果。但结成桐油果需要很多的养分，伟大的雄花便选择飘落，离开树枝，把所有的养分都留给雌花。

这是生命最动人的地方：面对选择，必定会有失去；面对选择，必定会有牺牲。

飞山有一个古老的故事，故事的主人公就是被称作"飞山太公"的杨再思。其时，叙州（治所在今洪江市西南黔城）南部一带苗、瑶、侗各民族在潘金盛、杨再思的领导下，逐渐兴旺繁盛，形成一个以飞山为中心的民族集团"飞山蛮"。后梁时期，马殷占据湖南，称楚王。梁开平五年（911年）马殷遣吕师周征剿飞山，斩杀潘金盛。杨再思成为马殷的下一个目标。面对悬殊的力量，生存还是灭亡，归顺还是反抗？这是他不得不慎重思考的一个人生大命题。他思索良久，选择"飞山蛮"余部归附于楚。他被封为诚州（现靖州）刺史，挽救了处于灭亡边缘的"飞山蛮"，为其后的发展奠定了政治基础。从此，"飞山蛮"进入了兴盛时期。

这开也浪漫、落也缤纷的桐花，告诉我们这是春景的极致，是春逝的预示，但失去之后，是一个繁盛之夏；失去之后，是一个硕果累累之秋。盈虚有数，有舍有得。有时，失，便是得。当年的杨太公是从一棵繁盛的桐树身上得到启示的吗？

桐花最晚今已繁。热烈的夏即将来临了。

沿着公路继续前行，到达一座寺庙，庙门上书"方广寺"三字。方广寺白墙灰瓦，经典的南方民居建筑：自然质朴，端庄淡雅。飞山的春天花红柳绿，色彩缤纷，白墙、灰瓦的建筑坐落其间，显得素雅明净，清爽宜人，一路上的热气也似乎在这里消散了。

这座沉静的寺庙朴素得像一个深山的隐士。它没有名寺的喧闹、浮躁和恢弘，没有人来熙往的商业气息。门口的两尊石狮，安静地守着方广寺，没有盛气凌人的霸气。无论云卷云舒，无论艳阳还是风雨，它们一如既往地仰望着天空，无悲无喜。

寺前一棵古树，古树上飞来了许多的鸟。它们是会飞翔的花。此刻，它们正在欣喜地交谈着什么，吸引了一群又一群鸟聚拢树上。当皎洁的月色静静地照着这方广寺时，鸟依着树，树守着寺，寺静坐于天地之间，多么恬静、安详的意境。

我跨进寺院的门槛，走在用厚厚的青砖铺就的路上。院内，地面洁净，让我想起"一尘不染"这个成语。我知用词不当，可是除了这个成语我想不起别的词可以形容这一地的净。两行碧绿的矮松引着我们走向大殿，映入眼帘的是一方古铜色的鼎状香炉，袅袅青烟如一道从天而降的蓝色的薄纱，被风吹得飘摇不定。青烟之上，是屋檐，是空阔的无垠的碧蓝的天。一室的安静就这样击中我的心。站在殿堂内，面对众位菩萨，双手合十，却发现内心宁静，连一个愿望都想不起来。

乾坤容我静，名利任人忙。在这座安静的方广寺，我静若一朵桐花！

万山为佛

在冬季的一个下雨天，和三个同事去通道看万佛山。

万佛山的一切对我是新鲜又神秘的。往上仰望是直逼云天的石山，前后左右也是巨大的石山。路在山间延伸，溪流在山间蜿蜒。在这里，山就是林，林就是山。每一座山有每一座山的姿态，每一座山有每一座山的表情，但却都有着佛一样的庄严，让人心生敬畏。

悬崖上的栈道像一条盘在山中的巨龙，带领我们一直向山顶爬去。快看，是谁随手一撒，撒落这许多的山在这里；是谁随手一捏，捏出这千姿百态的峰，像城堡、像宝塔、像针、像柱、像峰林；是谁挥笔一画，赋予它们如此繁多的色彩，墨绿的山顶、红色的山身、五彩的树林；又是谁打开云库，拨来这如浪的云海，如梦的青雾，像山间的精灵，像织女的素锦。

那一座座周身被风被雨被云被雾磨得浑圆的山峰，分明是侗家女子的玉簪螺髻；那色彩斑斓的层林，分明是多彩的侗锦；那山头的草树恰似侗家阿妹头上繁多的银饰。

山是红色的。山间的红树在这深冬像一树树烈焰，照亮了灰色的天空，点亮了被雨雾蒙住的眼睛，温暖了我冰冷的身体。即使在这阴雨的寒冬，山热闹而不凄凉。

　　山是红色的。它们如悬在烟雨里的一盏盏红灯笼，发出朦胧的红光。

　　山是红色的。"丹霞夹明月，华星出云间"。这红是天上掉落的霞。

　　此刻，那莽莽苍苍的万佛山向四周铺展开去，如雨中一朵巨大的红莲，花瓣参差错落，而我就在莲的中央。静立烟雨中，淡淡的、青色的雾爱怜地拥抱着我，而万佛山如同悲悯的佛一般注视着我。山巅风急如漩涡，我却感受到了一种悠远的宁静，引发悠远的思绪。

　　自古以来，高山的苍凉、壮阔和空旷寄托着人们太多的情感："相看两不厌，只有敬亭山"，李白见山，老友零落殆尽的无限伤感、孤独袭上心头；"遥岑远目，献愁供恨"，辛弃疾见山，引发满腹怀才不遇的愤恨之情。

　　不管山愿不愿意，它成了人们一种情感的寄托。

　　忽然，天色暗下来，像一张阴沉的脸，让人惴惴不安。山间云雾翻腾，万山被浓郁的青色的烟雾紧紧裹住。此刻，山峰们犹如暗夜海上突然出现的神秘帆船，充满着无限的悬念和惊险。烟雾中那影影重重山的轮廓，又让我想起妖魔鬼怪出现的情景。我感觉到一股来自大自然的巨大威慑力。

　　万佛山烟雨翻腾，如大海卷起浑浊的浪潮，汹涌澎湃。在朦胧中，我竟觉得那云雾缭绕的峰峦在不停地移动，像有人以山为棋，博弈厮杀，难分胜负；又像士兵深陷迷阵，刀枪鸣叫，那锵锵的声音正从四面八方灌进我的耳朵来。千山磅礴，来势如压，我惊慌不安。

　　我被裹在这云雾里，置身在灰白色的云海中，竟有身无立足之地的恐慌。山像浮在雾中，如汹涌波涛里的一叶孤舟，只要稍不留神，就有倾覆的可能。我向四周看看，想抓住一些什么，但是山巅既没有遮挡风的地方，也没有可以牢牢抓在手里的东西。只有一个亭子，我很担心它和我将会被风掀走；只有几棵精瘦的树，它们完全控制不了自己，在风中疯狂地摇摆。我想要寻找下山的路，却又怕深陷迷雾而失踪。

我一面恐惧，一面懊恼自己怎么会选这样的时间来这里。看看同事们，其他两个已不见踪影，只有九姑娘兴奋地望着此情此景，张开双手，充满激情地大声吟唱：千岩万转路不定，迷花倚石忽已暝。熊咆龙吟殷岩泉，栗深林兮惊层巅。云青青兮欲雨，水澹澹兮生烟。这不就是李白《梦游天姥吟留别》里的情景么？我今天是大开眼界了，哈哈哈。

天下美景，四季转换，瞬息万变；一日之内，晴天雨天，景皆有不同，这是造化之无尽宝藏，可遇而不可求。怕只有有缘人才能见到那难得一见的奇异景象。在这下雨的寒冷冬天，来游山的人少之又少；能见到这烟雨重锁的万山怕是少之又少。而今天，我们四人得以独享，顿觉万佛山有情有义。心中的恐惧随之减轻，站在山顶，手作喇叭状，大声呼喊，喂——，万——佛——山，我——来——啦——。

烟雾渐渐变得稀薄，万山重又清晰地出现在眼前。山，自始至终从未动过。

《坛经》中云：时有风吹幡动。一僧曰风动，一僧曰幡动。议论不已。惠能曰：非风动，非幡动，仁者心动。

一切从心起，心不起则一切不起，心不动则一切不动。

万佛山经历了沧海桑田的巨变，饱尝了风霜雨雪的洗礼，变得淡定而从容；历经千年万年的打磨，它反而让自己的形象日臻完善。十莲卧佛、合掌峰欢喜佛、金龟觅食、天生鹊桥……它在不断的磨砺中，创造了人间奇景，却不悲不喜。和它相比，我缺乏一份面对风云变幻的淡定与从容。惭愧！

下山路上，我们有时高于邻近的山，有时和山齐肩。风在山的身上摇打，雨在它的身上冲刷，烟雾侵蚀它的身体，树木争夺方寸之地，但山们静默不语。任由它们在身上刻下横的、竖的、斜的累累伤痕。但那不是伤痕,是万佛山对万物的包容与慈悲。

《说文》:"佛,见不审也。从人,弗声。"即"一切都无所谓"。说的是佛,也是山。

遂觉得,万佛山,万山为佛也。

无处安放的多肉

艳华从北京给我寄了十多棵多肉植物。我在院子里走了一圈都没有找到土。那些柔软的泥土被掩埋在厚实的水泥下面。虽然还有那么一小块土地裸露在水泥的包围中，但是，土太贫瘠，里面尽是砂石、垃圾。以前，附近还有一片肥沃的土地，那里种粮食种蔬菜种水果，但是现在长了许多房子。土壤成了一种奢侈品。现在，即使去郊外，也难以找到土了。因为上面如雨后春笋般冒出了许多房子。曾经肥沃的土地正在被一点一点蚕食。

每次坐车回家，要经过那条狭长的山谷。以前，山谷两边的山脚是木房子，中间空旷的地带是田野，一条小溪把山谷平分为两半。春天，坐车从这里经过，对面山坡上的梯田，一道黄一道白，黄色是油菜花，白色是萝卜花，像一件美丽的条纹衫。粉红色的桃花和白色的梨花静立溪边、山脚、屋旁，或者屋后的梯田边。几棵古树在春天又重新吐出嫩叶，黑色的粗壮的树干被鲜绿的如云团般的新叶包裹。这样的场景让人想起北宋巨然的《山居图》：层峦叠翠，奇峰崛起，烟林清旷，溪流小桥，竹篱茅舍，静美得无法言语。

夏天经过这里，满目碧绿，白鹭时而飞起时而飘落，为宁静的夏天增添了一丝灵动的色彩。打开车窗，凉风送爽。秋天，则稻香扑鼻而来，尽是丰收的气息。冬天，空闲下来的田野里，人们正在忙碌着种油菜。当春天来临，这里又是春暖花开的诗意田园。

可是某天，当我再经过这个山谷里的村庄时，竟然发现靠近公路的那些田地已经被填。

为什么填了？

这可能是用来建房子，或者办工厂？有乘客回答。

曾经，祖先们筚路蓝缕，以愚公移山般的坚韧终于得以在一方荒野里扎下了根，又经过一代代人的开荒拓地，终于把野兽出没、荒草萋萋的地方变成了宜居之所。土地养育了一代又一代的人，可是现在却轻而易举地被填埋了？

人们在无尽的索取中，在追求快速发展时，忘记人口增多，良田被弃，未来可耕之地越来越少。他们也忘记了土地是不可移动的，我们可以南水北调，但不能北地南调。当耕地被占，粮食种在哪里？也许有人会说，有什么要紧，中国不缺粮食，买就是。有钱人可以买，没钱的呢？如果这样一个封闭的小山村都在圈地搞建设，那么别处呢？

自由摄影师王久良在《一边是烂尾的城市，一边是破碎的山河》的演讲中，给听众展示了有关中国大地的20张照片。其中几张图片触目惊心。一是，马窝峰一样的山头，那是石材产地，一个个垂直下切的矿坑深度大概是一两百米；二是，福建莆田地区因为矿产开采对整个山体植被肆无忌惮的破坏；三是，鄂尔多斯从城市内部向郊野延伸充满扩张野心的道路，以及喧哗过后留给这片大地的一座烂尾的城市和满目疮痍的山河；四是，河北省唐山地区一处铁矿的尾矿库，红色的水红得让人可怕。当地的村民只能买水喝，比这更揪心的是村民们天天在担心某天坝溃被埋。

这四幅图片的背后是巨大的经济利益,是权力的傲慢,是山河的无声哭泣。我想,在那些千疮百孔的山里,一定有很多散落的坟墓。那些坟墓里的人曾经是这方山水的开拓者和守护者。可是他们肯定没有料到,有一天他们的子孙会用斧砍、火烧、炸药把这块他们用刀耕火种得来的土地毁得面目全非,他们更没有想到子孙们以变卖老祖宗的家产发财而沾沾自喜、得意洋洋。

土地像奴隶和青楼女子一样被随意出售、转让、占有。在土地面前,人人都高高在上,指手画脚,可以随意决定它的命运,甚至恨不能将它们打包,托运到北京上海去卖,以赚取高额利润。这尊贵的土地,承载着护佑着千百代人的性命和记忆的土地,曾被祖先们视若生命的土地,如今已经卑微到任人宰割,任人摆布,委屈得像个被子女嫌弃的暮年老者了。

"土地有利用的永续性,但却仅限于这两点:作为自然的产物,它与地球共存亡,具有永不消失性;作为人类的活动场所和生产资料,可以永续利用。但土地的这种永续利用是相对的,只有在利用中维持了土地的功能,才能实现永续利用。"但是现在,那些被伤害的土地还有永续利用的可能吗?

当土地被毁坏,"漠漠水田飞白鹭,阴阴夏木啭黄鹂""稻花香里说丰年,听取蛙声一片""篱落疏疏一径深,树头花落未成阴"等景象也只能在唐诗宋词里欣赏了。或许,很多年以后,孩子们阅读这些诗词,他们也许是茫然四顾,不知所云。

回到家乡,那些我曾经赤脚走过的田埂不见了,曾经抓过泥鳅的肥沃田地上建了欧式的砖房。那些曾经寸土必争的人家田里已经长了比人还高的杂草。

土地,不是被放弃就是被遗弃。

英国经济学家马歇尔指出："土地是指大自然为了帮助人类，在陆地、海上、空气、光和热各方面所赠与的物质和力量。"庄子语："夫大块载我以形，劳我以生，佚我以老，息我以死。故善生者，乃所以善死也。"土地赠与我们物质和力量，承载着我们的躯体和生活，而我们给予它的是什么？山碍事，铲；塘凹陷，埋；海那么宽，填；这块地值钱，卖。

人们似乎忘记了土地是人作息之所，是人安身立命之地，也是万物的载体。离开了它，人类一无是处。面对土地，我们应该更谦和更审慎，应该给人类的未来留有余地。别忘了，我们所追求的一切，不过是"安身"二字。

但是，现在连安置一棵多肉的土壤都难以找到了。我只好把它们安放在别的花盆里，和云竹、海棠、兰花们挤在一起。

一方素笺写渠水

　　我乘船跟着渠水河顺流而下。河风带着水的清凉，拂面而来，我听得身上的每一个细胞，像雨天里撑开的伞一样，砰，砰，砰，一朵一朵打开来。

　　一路上青山伴着绿水，逶迤相随而去。充沛的阳光像水一样倾泻在河上，河面波光粼粼，像一条银色的大道，带领我们去往某个仙境似的。两岸草木丰沛，除了下到河边的路，你看不见一点土地和山的肌肤，就像草木们在举行一个盛大的宴会一样，皆盛装出席。各种色泽的绿，各种形状的绿，各种气味的绿，蜂拥而至，争先恐后地挤到你的眼前，好像要你做个评判谁最美。而在菜园里、稻田中，那几个戴着斗笠低头忙碌的农人却对此毫不知情。

　　迎面而来的山坡上，青树翠蔓，蒙络摇缀，参差披拂。就像一个巧手的姑娘以草木为线，给渠水河织了一幅巨大的绿色披肩。这披肩体贴地依着山势水形一路铺展开去……

　　两岸随时可见飞泉瀑布，像姑娘浣洗的白纱，又像三千丈的白发，在山林间飘动。它们急匆匆从山林中奔突下来,好像赶赴一场约会似的。山上,绿倾巢而出,鸟儿的叫声绵长而多情。平静的水湾里,有戴草帽的渔夫正低头查看网箱里的鱼。他是否有个和他共享江上清风和山间明月的朋友呢?

　　船行至背篓岩,只见那堵十米来高的石篓,斜靠在岸边。背篓口上长着许多绿树,恰像从背篓里伸出的菜叶草叶。是哪个贪玩的苗家阿妹把背篓忘在这里了?

　　老船长说,二三月间,沿河的景色最好瞅,那时候好多花开了。老船长微笑地望着前方,就好像他眼前抻开了一幅烟花浪漫的阳春三月图景……

　　春天,渠水河两岸,粉的桃花、白的梨花、金的油菜花,在河岸、田间、山坡、人家的屋角安静地盛开,像老旧的方桌上陶罐里的插花,充满了古意和田园的气息。而作为春天的主打曲——油菜花则肆意地盛开着。它蓬勃的生命永远以热烈的姿态展现,以一种不顾一切,繁华落尽也无憾的勇气点燃了我们经历漫长的冬天而变得灰暗的眼睛。

　　这条河,以前还活跃着一群人,叫"排古佬"。老船长继续说,以前交通不方便,木材调运全靠水路放木排……

　　春天,渠水河畔开始涨水泛黄。"排古佬"把扎好的木排放进了渠水河。岸边给他们送行的家人眼里满是担忧和不舍。可是,为了生活,不得不走。他们祭祀河神杨公,举行庄严的仪式。他们虽是出生入死、勇敢无畏、野蛮的湘西汉子,但是依然心存一份敬畏。仪式完毕,排古佬们站在木排上,长长的竹竿撑一下岸,木排便破浪而去。

　　在渠水河下游的洞头塘有三个险滩:大顶滩、小顶滩、滑板滩。人们说"大顶、小顶、滑板滩,十架盐船九架翻"。一到这里,他们的每根神经绷得紧紧的,双手紧握木排上的救命索,憋住一口气,随着木排一头栽进水洞里,两分钟后,他们才从水里冒出来。他们沉着冷静,勇敢机智，和水搏斗，充满了湘西汉子的野性和豪情……湘西汉子是渠水里精彩的一章。如今，"排古佬"这个名词已经成为过去，收藏在渠水河泛黄的书页里了。

沿河不断看到一些若隐若现的村寨。这些村寨像一朵朵盛开的蘑菇，质朴，沉静。碧绿的山野因此显得生动而有烟火的气息。遂想起沈从文的边城、爷爷、翠翠、傩送……这条河也有很多美丽动人的故事，那些故事总是与当地的历史、地理、风俗紧紧联系在一起：紫神，因传说有神仙在此处架桥而得名；尖岩寨，传说有神仙在此处放生了两只金鸭子……美丽的山河总是伴随着神秘的传说。

田野上，青山间，空灵的白鹭翻飞。碧绿的山野是团团的荷叶，而它们是盛开在夏天的白莲，任意飘落，随性聚拢，开而不败。它们轻盈，娴静，自在。我也想成为渠水河边的一只白鹭，朝饮露水，晚观夕阳，在星空下入眠，在渠水的声音里安睡。

此刻，大块的静谧，像云朵，像水汽，像轻柔的蒲公英，飘落在山野草木之间。万籁俱寂，只剩下行船的突突声。我把手伸进水里，水软绵绵的，像丝绸缠绕着手，又像遽然出现又消逝的鱼，留下柔滑、冰凉的感觉。河水温润如碧玉，我们就像在一块庞大的玉石上滑行。这块玉石倒映着天空、白云、青山、村庄、飞鸟，成为王子玉佩上的装饰。

在渠水河的下游，朗江坡脚流传着一个王子的故事：一个忧郁的王子厌倦了宫里的生活，想寻一处地方隐居。船行至此，遂被这里的风景迷住上了岸。在山中，遇见几个仙人下棋。回到船上，却发现船不见了，随行的人也没了。船所在地变成了一个洲，名覆船洲。一问，才知道，时间已过了百年。王子遂选择这个地方隐居。洲上有两株仙茶，香气扑鼻，清甜可口。所产之茶送进宫里，成为贡茶。王子从此在这里遍种茶树，做了一个悠闲自在的茶农。

如今渠水河畔的人们依然享受着王子的馈赠。野生茶已转化为产业，造福着一方百姓，在未来的某一天将成为渠水河的一张文化名片而传播四方。

山高，水长，天阔，我的心也像绸缎一样抻开，舒展。平日劳顿的神经得到一种彻底的休憩和放松。渠水河以宽阔的襟怀，以母亲的仁慈，包容万物，因而拥有了和谐的生命，拥有长久的快乐，拥有了真正的自由。

水作青罗带，山如碧玉簪。风、水、鸟、烟、霞、草木的呼吸落在一方素笺上，自然成文。我把它小心折叠，放进书里。

长沙过贾谊宅

公元 773 年至 777 年间一个深秋的傍晚，一位诗人来到长沙的一座宅子前。夕阳的光辉已落在大门背后，宅子门口显得冷清冷落。他推开紧闭的大门，只见院内荒草在秋风中瑟瑟发抖。它们占据了院子，掩盖了路径，使院子无限荒凉。院内空无一人，只见夕阳的余晖落在黛色的山林，愈发显得阴冷而寂寞。自古逢秋悲寂寥，何况是在深秋，何况他是第二次被贬，何况这里曾经住过和自己有相同遭遇的人。

这位诗人是刘长卿，玄宗天宝进士，因"刚而犯上，两遭迁谪"。这宅子的主人是西汉初年著名的政论家、文学家、贾太傅贾谊。他 18 岁即有才名，年轻时由河南郡守吴公推荐，20 余岁被文帝召为博士，不到一年被破格提为太中大夫。因才遭妒，天子后亦疏之。于是，在屈原之后，又一位杰出的文学家走向湖南。文帝四年（前 176 年），贾谊被外放为长沙王太傅，流落在这地势低洼、气候潮湿的楚地。途经湘江，写下《吊屈原赋》，哀叹遭逢的时代不好：鸾鸟、凤凰躲避流窜，猫头鹰却在高空翱翔；宦官内臣尊贵显耀，用谗言奉承阿谀的人却得志；贤才能臣却无立足之地，端方正派的人却郁郁不得志。

"信而见疑，忠而被谤"，岂能无怨？

秋草、寒林、斜日，睹物思人，触景生情，悲从中来。刘长卿望着这寂静的院子，心酸难耐，号称"有道"的汉文帝，对您尚且这样薄恩，当今皇上对我当然更谈不上什么恩遇了。我这一贬再贬，沉沦坎坷，也就是必然的了。楚国的屈原哪能知道上百年后，您会来到湘水之滨吊念他；可是您更想不到近千年后的刘长卿我又会迎着萧瑟的秋风来凭吊您。我和您都是无罪的，为什么要受到这样严厉的惩罚？为什么会流落到天涯？

在这个深秋的傍晚，刘长卿写下了《长沙过贾谊宅》："三年谪宦此栖迟，万古惟留楚客悲。秋草独寻人去后，寒林空见日斜时。汉文有道恩犹薄，湘水无情吊岂知？寂寂江山摇落处，怜君何事到天涯！"

时间来到 2017 年 11 月。我来到了太平老街。老街门口地上刻四个大字："天下太平"。金色的秋阳透过碧绿的香樟树落在街上，落在喧嚣的人群里、音乐里、叫卖声里、烧烤的香气里、咖啡的浓香里，店铺主人的忙碌里。

我是为了这条街上的"贾谊故居"而来。

我在诗词里早识得他的名字，明了他的苦闷；读《过秦论》感慨他忧国忧民之情怀；在《治安策》感受他的雄韬大略；在《鹏鸟赋》中，感受他旷达背后的苦闷和泪水；在《论积贮疏》中明白他哀民生之多艰的悲悯。我和他相隔着几千年的时空，可是，我却又好像早已和他相识。在这个深秋的下午，在这个阳光明媚的下午，在刘长卿走过的秋天里，在刘长卿走过的太平街，我踏着他的足迹来了，来寻访那个在历史风云里依然熠熠生辉的名字和他的主人贾谊。

导航告诉我，目的地到了。我抬头一看，在街的左边，一堵青灰色的墙映入眼帘。大门上书：贾谊故居。我愣愣地站在那里，我看到一堵忧伤的墙。它和这个喧闹的世界格格不入。我想,大家从它的门口经过,甚至鲜有人抬头看它一眼。

"呀,这里就是贾谊故居呀。"我身边经过一个女孩,她惊讶地对她的男朋友说。然后,他们继续前行。

太阳已经西斜,门前镀上一层冷色。刘长卿也是在一个深秋的傍晚来到这里。忧伤的情绪瞬间弥漫心头。

门两侧虽然留出挂对联的位置,但空着。门前只有一对石狮子静守门边。有人说,因为住在这里的主人太有文采了,没人敢把自己的对联刻在这里。

进得院内,左边为古亭泉井,右边为古碑亭,正面依次进去是贾太傅祠、太傅殿、寻秋草堂。

贾谊故居在文夕大火时被毁,这是为了纪念他而重建的宅子。斯人不见,踪迹难寻,但千百年来,贾谊已经成为一个文化符号,扎根这里。说起长沙必定想起贾谊,说起贾谊必定想起长沙。从某种意义上来说,贾谊被贬长沙,成为长沙历史上光辉的一页。赋的开始是从长沙开始的。贾谊被贬成就了湖湘文化的屈贾文化:屈原是浪漫主义文学的开创者,贾谊是赋的创始人。屈原泣,贾生啼,常太息以掩涕兮,哀民生之多艰。二者有太多的相似之处。毛泽东诗云:"雄英无计倾圣主,高节终竟受疑猜。千古同惜长沙傅,空白汨罗步尘埃。"他们是湖湘文化的精彩华章。

贾谊谪居长沙却依然心系京城,关注国事。时周勃被捕囚禁于牢狱,贾谊上疏《阶级》,建议文帝以礼对待大臣。而周勃曾和将相大臣诋毁他,才有了他的被贬长沙。文帝时,"邓氏钱"和吴钱遍布天下。贾谊在长沙又向文帝上《谏铸钱疏》,指出私人铸钱导致币制混乱,于国于民都很不利,建议文帝下令禁止。

每一份疏里,是天地可鉴的爱国热忱。

谪居长沙三年后,汉文帝想念贾谊,征召入京,于未央宫祭神的宣室接见贾谊。不料，汉文帝面对满腹经纶、才华横溢、怀抱治国安邦之策的贾谊，却是"不问苍生问鬼神"。

在这深秋，院子里树木依旧浓郁，不减分毫。人们在庭院里穿梭，拍照，留影。昔日文人骚客到此处多凭吊，抒怀才不遇之情；今日之人已把它当作一处风景，以赏心悦目。只是，我心里依然有一丝忧伤。

山林间

  暮春时节，我和喜红、熊猫、艳华、艳萍、荣来去山上砍柴。捆好柴不觉已是中午。天气越发炎热，树木浓郁，林间少风，我们好似在一个蒸笼里，口渴难耐。

  喜红说："我知道一个地方有井。"

  我们跟随她，沿着一条逼仄的小路往前走。一路上，荆棘们很顽皮，老是来拉扯我们的衣服。有时你低头躲过了这条，一抬头，眼前又劈过来一枝。若非眼疾手快，它定会在你脸上留个印记。我们隐约听到哗哗的水声。这声音使得山林格外幽静，也让我们很振奋。

  小路尽头，豁然开朗，展现在眼前的是一棵高大茂盛的树，树脚有一眼泉，清泉溢出来，漫过一整块光滑的大石板，到了那石板尽头忽然折断，跌落下去，汇进下面的一条小溪。

  想来这眼泉就是井了。

  井底沉着一些叶子，叶子依然饱满光滑。泉边这棵树有一抱粗，树身从下往上蔓延着青苔，有的还绿着，有的苍白着，透着一股沧桑。抬头仰望，只见细碎的阳光透过浓密的树叶摇落下来，洒下许多金色的光斑。光随风动，像熠熠生辉的金币，你伸手去抓，却跑到你手背上来了。

我们的到来惊扰了草丛里的居民：碧绿的、灰黑的、褐色的虫们忽地从草丛里跳出来，吧嗒，吧嗒，吧嗒，它们惊慌失措，四散逃跑，犹如雨点打在树叶上，又如一粒粒子弹出膛。有的跌落在远处某片宽大的叶片上，有的躲到某棵草下边，有的蹦到树枝上，提心吊胆地偷看我们这群不速之客。

我们摘下宽大的绿油油的桐油树叶，折成斗状，舀水喝。这水清凉，甘醇。那股沁凉从口中一直传到胃里，遍布全身，疲惫与暑热烟消云散，顿觉浑身轻松。我轻抚着石板上的泉水，忽然想起读过的一个故事《幸福是什么》：三个牧羊的小男孩在挖井时遇到了一位仙女，在仙女的指点下他们去寻找幸福。我环顾四周，心里想，她要是出现在我面前就好了。我转而又想，在这深山老林里，还是不要遇见这样的仙女，万一她是白骨精之类的妖怪呢。这样一想，寒意顿生，感觉这附近妖气冲天，抬头一看，伙伴们不见了。

原来，他们早已攀着树枝、杂草下到了小溪里。几个女孩子正蹲在溪边，双手捧水，低头洗脸。哗啦——，一大捧水砸在喜红的头上，水顺着头发，流到脸上。喜红用手掌一抹，睁开眼睛，大喊："谁浇我水呀，啊？"

"是熊猫，熊猫。"站在高处的我把这情景看得一清二楚，我大声告诉喜红。熊猫已经跑开了，靠着对岸的一棵树哈哈大笑。

"熊猫，你还要欺负姐姐哦，好呀。"喜红捡起一个大石头砸过去，站起来去追熊猫。追到了，他连连求饶，说再不敢了。可是，喜红现在的样子像只水鸟哦。大家都哈哈大笑。

我也攀着树枝，扯着草，跌跌撞撞来到溪边。我偏着头往上游看，想探寻它的源头，却被浓密的枝叶挡住了视线。水面时而飘来一些草叶、落花。那落花毫无凋零之色，倒像在水里又获得了重生，鲜艳着。那花是大山深处的信使吧，山深处是怎样的烂漫春光呢？

　　小溪两岸水草丰美。水草上面开满了一串串浅紫的花，它们沿着溪岸蜿蜒而去，犹如给小溪滚了两道浅紫色的荷叶边，温馨又可爱。几只素蝶，在这花丛中飞舞，有时你根本分不清那是花还是蝶。树林里，传来鸟的叫声，犹如笛子吹奏出的一串音符，滴溜溜，滴溜溜，像粒粒水珠洒在我们身上，格外清凉。偶尔有几只鸟从林中飞出，掠过水面，又去了丛林深处……

　　葱郁的树木遮住了小溪头顶的天空。有一块蓝天、几片白云好不容易从树缝间挤下来，却一头掉进水里了。你看见了，忍不住想伸手去捞几朵湿淋淋的白云来。白云当然是捞不到的，却发现了螃蟹们躲在水里面。

　　"螃蟹，这里有螃蟹。"是荣来的声音。

　　呼啦，一大帮人围过来。

　　"在哪？"

　　"在哪？"

　　"这里。"荣来弯腰在水里摸着什么，"嘿，还想跑呢。"他的手从水里出来了，亮晶晶的水顺着他的手往下滴，食指与拇指间，一只螃蟹徒劳地挥舞着它的大钳子。它怎么奈何得了我们呢。

　　我不敢抓螃蟹，怕它的大钳子和黑乎乎的霸道的样子。我沿着溪流走，想看看它到底要去哪里，却见它撒下一路欢歌，消失在芳草丛中，密林深处……我终究是跟不上它的步伐的，就像我永远跟不上时间的脚步。

第五辑　生活百味

细香

奶奶叫细香。村子里的那些奶奶、爷爷喊她细香大嫂，那些伯伯、娘娘喊她细香满娘，小孩子呢喊她细奶奶。

打我记事起，每天晚上，我们穿过老屋里那条黑乎乎的巷子，然后爬上木楼梯去楼上睡觉。奶奶拉开电灯，走到靠窗的桌子前，拉开抽屉，从里面拿出蚌币油。那抽屉的铜环碰着钉在抽屉上的铜片当当响。奶奶打开蚌币油，用手指抠了一些出来点在脸上。沙沙沙，沙沙沙，奶奶的手搽脸时，发出这样的声音。我知道，那是因为奶奶的手变粗糙了。手怎能不粗糙呢，一家五口的饭菜都是她做，家里的菜园也是她伺弄。因为爸爸要去学校上班，妈妈要负责田里的农活。家务事几乎都是她负责。

我在相册里看到了一张奶奶的照片。奶奶坐在一张椅子上，我的姑姑和爸爸分别站在她身边。爸爸那时大概七八岁，姑姑大概十一二岁。奶奶齐肩的直发一丝不苟地绾在耳朵后面。但是，奶奶没有露笑脸，有一丝忧郁。后来我渐渐知道一些事，便知道这忧郁为何。

奶奶其实有几个孩子，但是最后只剩下姑姑和我的爸爸。奶奶三十多岁守寡，辛苦拉扯着一对儿女。她经常和我讲起一个叫久伢子的小孩。久伢子是奶奶的儿子，只不过已经夭折了。听恋民爸爸说，久伢子是个很聪明的孩子，人也长得光鲜。

每次奶奶说起久伢子时，我眼前就出现一个扑闪着大眼睛、浑身透着灵气的可爱的小男孩。奶奶大概是非常喜欢他的。过去了几十年了，奶奶还是会说起他，说起过好多次了。谈着闲话的时候，突然就会提到久伢子，说久伢子活着的话，现在该有多大多大了。

我问奶奶，我公长什么样？我公在我父亲七岁的时候去世了。奶奶一个人在艰难的岁月里拉扯大了两个孩子。她从箱子里找出一本书，从里面拿出一张相片，说："这是你公。"相片里的公剃个光头，头型圆圆的，双眼皮，眼窝有点深，长得很清秀。我看着他觉得很面熟，哦，原来姑姑和他长得像。姑姑年轻的时候非常美丽，有几个年轻人很喜欢她。但奶奶为了答谢舅公的救济之恩，把姑姑送给舅公做了媳妇。奶奶一个人拉扯两个孩子很辛苦，有时候没饭吃，娘家的弟弟我的舅公就会给她送米送钱，帮她渡过难关。奶奶又从书里拿出一张折得四四方方的纸，一层层打开："这个是你公画的画。"我凑近去一看，上面画着一棵苍劲有力的古松。直到长大后，我才明白，那些是奶奶的念想。

奶奶的规矩特别多。吃饭的时候，我把碗敲得哐啷哐啷响。奶奶说："吃饭莫敲碗，难听。要是往日的老人家听到了，会骂你的。""吃饭的声音莫要太响哦，难听。""女孩子走不摆裙，笑不露齿。"有一次，我翘着二郎腿坐在堂屋里的靠椅上，奶奶看见了，说："快把脚放下来，女孩子家翘什么二郎腿，冇好看。"我赶紧把脚放下来，规规矩矩地坐着。

收亲嫁女装箩筐里的礼信很有讲究，该置办哪些东西，什么东西怎么放，该放在哪里，奶奶最清楚。所以谁家做好事都要来咨询奶奶一些礼仪规矩。

跟着奶奶去纱栏上晾衣服，我才晾两件衣服，奶奶就说开了，这样晾衣服不行，她把衣架拆下来，换了一个方向："晾衣服的时候，一件衣的衣领不能对着另一件衣的衣领，老人家说要生对口疮的。"

"真的吗？"我惊慌地问道。

奶奶笑了，说："我没试过呢。不过以后晒衣服还是要懂规矩。像女人家的短裤是不能晒在路的上面，因为底下要过人，这样对别人不尊敬。"

唉，我叹口气："规矩真多，我不做媳妇了。"

奶奶哈哈大笑，说："那你就做个老女，日日陪着奶奶。"

"好啊。那奶奶你要做蜜饯给我吃，好么？"我最喜欢吃蜜饯，可是蜜饯呢不是随便可以吃到的。只有在特别的日子才拿出来吃。

"好。"

奶奶那一辈的人很会做蜜饯，一把小小的蜜饯刀在她们手中就能雕出栩栩如生的图案来，什么喜鹊报喜啊，什么红梅迎春啊。奶奶说："以前做女儿的时候，雕蜜饯啦，做布鞋啦，都得学会。要不做媳妇就会被婆家嫌弃。"

"我才不学呢。我不做媳妇。"大人们都哈哈大笑。

奶奶的柜子里有一本厚厚的家谱。那是文化大革命时候，奶奶冒险藏下来的。"那个时候破四旧，书啊什么的都要被销毁，这本族谱是我们这房人的，可不能被烧了，就被我藏在一个地方，他们没搜到。"奶奶说。我听奶奶这样一说，很佩服她，说她有勇有谋，是女中豪杰樊梨花。奶奶听了，哈哈大笑，说，我要是能进学堂读书，我也有差呢。

我小时候常听她讲故事。每天晚上睡觉前，我们俩躺在床上，我就会说，奶奶，讲个故事听。于是奶奶就给我讲故事。故事里面有孟姜女、王宝钏、樊梨花、穆桂英、薛仁贵、诸葛亮、程咬金、吕蒙正、宋江……我就在那故事里睡着了。奶奶的记性很好。小时候她虽然没有上过学，但是她的公在鼎罐盖上写字教小孩子们认。这些字她过目不忘。

所以，她虽然没有进过学堂门，但认识很多字。小时候她听到老人们讲什么故事，她听一遍就全部记下了。她讲给我听的那些故事全是她小时候听过的。听了奶奶讲的这些故事，我上瘾了。四处找书看，想看更多的故事。

清明节前，奶奶总会挽一个花篮去山坡上采茶。山坡上是一层层菜园，菜园里油菜花开得正浓，白色的蝴蝶在花丛中飞舞，淡淡的阳光照着大地。奶奶说："这清明节前采的茶叫明前茶，是最好的茶。"每到夏天，奶奶就用一个小陶缸泡茶，陶缸棕黄色，厚厚的，内壁粗糙，外壁涂上一层釉，油光发亮。用它泡一缸凉茶，够一家人喝一天。解暑，止渴，清香怡人。因为奶奶，我从小就喜欢喝茶，现在更是痴迷于茶。

春天来了，南风一吹，菜园里的白菜疯狂地抽薹。奶奶摘了很多回来，用开水一烫，撕开，晾晒在纱栏上，做干腌菜。干腌菜放得好，四季都有来吃。吃的时候用水泡开，切段准备着，爆炒几段干辣椒，放下干腌菜，翻炒翻炒，加水，就是一道美味的家常菜。现在很多人都用干腌菜炖排骨吃，别提多香。

到了冬天，白菜太多了，奶奶就用小陶缸泡酸菜。白菜开水里烫过后，便整整齐齐地码在缸里，倒进酸水，盖上盖子，放在火炉边烤，一两天就酸了。打开盖子，一股酸菜的香味扑鼻而来，原来碧绿绿的菜叶现在变成黄色的了。酸菜可是一道开胃的菜。

说起奶奶，真是有说不完话。和她一起度过的时光，如泉眼般深情，如高山般厚重，如林徽因的诗：

细香无意中，随着风过／拂在短墙，在斜阳前／挂着／留恋

熬亮寒冷的人

我清楚地知道，如果没有遇见杨老师，我很可能成为了一个虚度光阴而不自知的人。

他经常在作协的大会小会上夸我有潜力。那时的我在文学的殿堂还只是一个刚学写作的小学生，对于这样的评价我自然是欢喜的，又是战战兢兢的。因为只有写出好的作品才对得住老师的赏识。

但后来，我有很长一段时间没有写文章。一个冬天的午后，我和几个文友到他茶庄喝茶。壶里的黑茶咕噜咕噜响，吐出白色的水汽，黑茶的香气也随之弥漫开来。时间好像慢了下来，老师忙碌的脚步也终于在这个午后停了下来。他给我们每人倒了一杯茶，然后对我说："你要什么时候开始写？是不是要选一个好日子才动笔呀？"

我喝口茶说："老师，我不适合写作，在这条路上，我看不到希望。我发现我写得再多也没有用。那些堆积在电脑里的文字没有一篇能发表，它们没有任何意义。花在上面的时间还不如用来追部连续剧，和朋友逛逛街或者游山玩水。"

"你怎么会这样想呢？"他依然和蔼地笑道，"人都是奔着希望去的。我也不知道你最终会做得怎样。但是，你不写我觉得可惜。还有，你也并不清楚未来的你会是什么样子。你不试试，又怎么知道结果如何呢？你看，我现在这个样子，都没有放弃文学呢……"

他和妻子做生意失败，欠下了一大笔债务。日子一天天变得艰难。他不得不为了谋生而暂时丢下了文学。他经常熬夜帮别人写材料，为了按时完成任务，通宵工作成了常态。

某年秋天我们去鹰嘴界采风。山上阳光满坡，路上落叶堆积，显出一股秋的寂寥的味道。我再次向他提出那个建议："杨老师，你不要再帮别人写材料了，熬夜伤身体。你如果办作文辅导班，根本不愁没生源。而且星期一到星期五你完全可以搞创作。文学、生活两不误。"

"不行。现在已经有了个作文辅导班，由伍老师负责。他老婆没工作，两个孩子读书，不容易。要是我再办一个班，学生肯定都来我这里了。他们一家怎么办？我得对他们负责。"

我听了他的话，一愣。原来那么多人劝他办班而他不愿意的原因竟是这样，原来那瘦削的肩膀承担的不只是他自己的生活。可是，他的qq空间说说里越来越多的是累、痛、病、忙等字眼。

活着，是件多么艰难的事。可是，我的老师却依然那么乐观豁达。清明节，他在山上摘到一朵通身红色的茶瓣子，形似一只燃烧的火炬。他题诗："我无意做一把火炬／只是不想辜负三月。"生活于他是一盆冷水，可他就是要想尽办法把它暖热。他说，世界不一定就是自己认定的这个版本。痛，说明活着！

他生活如此艰难，但是心里永远都有文学的一席之地。每周六晚上，作协都会举办文学讲座，他是主讲。他说，我忙，没有时间写。但是，你们要加油写。他是作协主席，并不因为生活艰难而丢弃这份责任。

他在忙碌中还是发表了很多作品。他的散文《爷爷的金色田野》发表在《人民日报》。他极富个性地，用那些诗意化的乡村意象表达出他对这片土地至深至真的眷恋和讴歌。中国是传统的农业大国，农耕文化影响下的中国人安土重迁。自古以来，人们眷恋土地，热爱土地，把土地当作自己的根。但，现在越来越多的人正在抛弃土地。当时代正在拼命地撕裂农村时，他正在用他的文字拼凑还原曾经的美丽田园。

我给他写了一篇评论，他对此大为赞赏，说："小胡的评论结合拙作和我的人生经历与内心世界，对乡情进行了阐释，她的理解是到位的，她更能理解散文。"他对我总是不吝赞美之言。但这次我却没有感觉高兴，而是难过。在这个利益至上的时代，唯有他还念念不忘那美好田园，这样的人会不会是孤独的？

某年暑假，我邀请老师和文友们到我的家乡官舟古村游玩。走在悠长的巷子里，大家兴致勃勃，唯有他安静地走，安静地看。他看那些颓败的窨子屋，抚摸那沧桑的砖墙，端详那精致的木雕花窗。面对这个有着六百多年历史的乡村古民居几乎毁坏殆尽的现状，他心痛得连连叹息。返城路上，我看见他空间说说里的一行字：官舟，残存的历史和情怀，渐渐逝去，这是一首令我心生悲凉的歌。

当他知道墓脚村申报国家级传统村落材料通过时，他感慨万千：渐渐消失的历史，好在我努力把它申报为国家级传统村落，期待墓脚人好好保护残存的古迹和习俗。他用文字捍卫了一座古村落的尊严，留存了村庄的历史。他的文字换了一种表达的方式，但依然有力量，更有价值。

我逐渐获得了一些大奖，发表了一些文章。我想起他说的那些话我知道他是正确的。因为不断地往前走，所以我才遇见了现在的我，才让自己到达另一端。我也明白了梭罗在《瓦尔登湖》里说的那几句话：如果一个人充满自信地在他的梦想的方向上前进，并努力过着他所想像到的那种生活，那么他就会遇见在普通的时刻里意料不到的成功。

春节前他收到了稿费、朋友的礼物和他人的资助，他非常感谢，并说这些温暖总让他觉得明年会好起来。生活待他很薄，而他总是心怀感恩和希望。

　　师者，传道授业解惑也。我的老师用他的言行很好地诠释了这句话的全部意义。而他的热情待人、敢于担当、热爱生活、自信乐观、永远感恩，是他传授给我的人生宝典。无论我走到哪里，处境如何，都足以给我力量、温暖和勇气。而面对他的艰难，我却帮不上忙，更无力改变，唯有不断写出好的作品，来回报他的知遇之恩。

　　"就算只有灰色的背景／我自己把寒冷／熬成亮色！"老师如是说。

房子及其他

五年后，我离开那个偏僻的乡镇来了城里。一家五口寄住在靠近学校锅炉房的两间房内，像乡下来的麻雀，躲在别人家的屋檐下。

我们打扫卫生，换了纱窗，把家具搬进去，挂上了窗帘，铺好床，摆好碗盏。幸福像宣纸上的水彩，氤氲开来要绘出美丽的图画。

第一晚，凌晨三四点，只听得锅炉房嗡嗡响，无法睡觉。早上醒来，竟然发现一床黑乎乎的东西。我惊慌失措，开灯细看，竟然是从窗外飘进来的煤灰。此后，无论天气多么炎热，我再不敢开那扇窗。

我们的厨房设在走廊，它面对着四五棵一抱粗的白杨。房前的白杨又吐出红褐色的芽了，我们这几只从乡下来的麻雀，在这屋檐下转眼就度过了一年。

一年中，我们最怕的是雨天。雨会顺着房顶的裂缝光顾我的家。地面上摆满了所有能迎接它的器皿：脸盆、提桶、各种碗。哒哒哒，这是雨滴落在碗里；当当当，这是雨坠落搪瓷脸盆；咚咚咚，这是雨滴打在提桶内。清脆的、豪迈的、沉闷的声音，此起彼伏，不管不顾、未经允许地喧嚣着。我抱着熟睡的小女儿，觉得自己在一片雨林里，头上遮着一片芭蕉叶，而那芭蕉叶随时都有可能被一阵风掀开。

一个在城里没有房子的人是离枝的叶，是无土的树。我急切地想要把根扎牢，我担心树根露在外面久了，怕被折断，怕被风干，怕鲜绿的叶掉落。我们要赶在学校拆除这栋楼房之前，赶快买一套房。我们不要像麻雀一样寄人檐下，我要做燕子，衔泥筑巢。

我想起父亲，我终于要像父亲一样，独立自主地面对人生中最艰难的一段时光了。我八岁那年，家里准备做屋。父亲一面开始在寒暑假上山砍木头，一根一根扛回家；一面请舅公选好屋场坪，然后紧锣密鼓请人整理屋场：拖拉机从大山里拉来一车车砌檩的岩石，又从河边拉来一车车沙石打地基。

父亲请木匠做了屋架。但还需要一块一块的木板围出一间一间的房，营造一个温暖的家。父亲请锯匠到山里把木头锯成一块一块的木板。每天散了晚学，他还要到山里搬一趟木板。这整个过程，恰如燕子衔泥筑巢，但却比燕子更辛苦。八十年代，父亲的工资只有几十块，父亲先借钱，付清各种费用，然后再挣钱攒钱还债。一段漫长的时光和"债"字纠缠在一起。

现在，轮到我了。

我像只飞燕穿梭于各个新建的小区，算计着平方，计算着房款，却迟迟下不了决心。面对这从未有过的房价，我们势单力薄，不知所措。我七百多的工资，买不了一平方的地面！我想起父亲当年的苦，有一种切肤的痛。父亲独自面对建新屋这样庞大的工程，是怎么挨过来的？在茫茫大山里，在踽踽独行的路上，肩上的担子是不是让他痛得落泪？穿越二十多年的光阴，我才明白生活的真相。

有人告诉我，一个主人急于卖掉他的旧房，以便换取更宽更大的新房。他的旧房在一楼，八十平米，三室两厅一厨一厕，带一个阳台；阳台外面，有紫荆树、桃树、樟树、柳树；阴天，光线会有点昏暗。坚固的四壁，自由关闭的窗户，独立的空间，深深地打动着我。这是我们要的房子。

我们自己动手粉刷墙壁，给地板涂漆，添置家具，然后，选择吉日，欢天喜地搬了进去。我的头顶是坚实的不会漏雨的预制板房顶，那上面有好看的石膏吊顶，正中间挂着一盏百合花一样的灯，每一盏灯散发的光芒是它金色的花蕊。

移栽的树有了土，衔泥的燕子有了窝。万家灯火里，有一盏灯是我们点亮的；千百扇窗，有一扇是我们打开的；错综复杂的路，有一条是带我们回家的。我像一个将军，有了良驹，又配了宝剑，平添几分如虹的豪气，对生活充满了百倍的信心。

接下来的日子，安心做一件事：存钱，还债；还债，存钱……我终于像父亲一样，要把一段时光捆绑在"债"字上。不过，这是一个有限循环小数。它的循环节有点长，但总有终止的一天，只是需要的时间长一点而已。时间长不要紧，我有的是大把大把的时间，它没有形状，没有段落，无需计划，肆意挥霍：我可以让它走很多路，淋很多雨，晒很多太阳，饱蘸很多寒风；可以让它清早陪我跑步上班，夜晚带着疲惫回家；可以让它静静地悬挂在厚重的黑夜而无需理会。时间对于我来说，异常庞大而富足，它唯一的价值是，在每月一个固定的日子里，有大约一厘米长的极不稳定的数字打印在我的工资本上。

当我在还债时，我的朋友小婉在寻找住的地方。

她曾租住在同学一套两室一厅的廉租房里。她的同学一家三口住在城中心某处一套百多平米的房内。某个夜晚，小婉住的廉租房响起了使空气发颤的敲门声。

"你是谁？和户主什么关系？"

"我是户主的亲戚，她这几天旅游去了，我是来给她看房子的。"小

172

婉看着闯进来的房产局的工作人员，慌慌地说。

工作人员临走前抄了她的身份证号码、电话号码，说："如果不属实，你将被清理出这里。这房子，我们也将收回。"

小婉在房产局查房后的一个月被赶出了廉租房。她的同学说："你要是还在那里住下去的话，房产局会收回那套房子的。而且过几天我阿公阿婆要来这里住。"

我陪着小婉四处找房子。我们看着成片的小区在阳光下熠熠生辉。那里曾是一片田野，种菜种谷子，现在长出了许多房子。小婉望着被阳光照得亮闪闪的玻璃窗，叹息道："这么多的房子，没有属于我的一扇窗。"

我看着小婉，却无能为力。这一刻，忽然真切体会到杜甫的心情："安得广厦千万间，大庇天下寒士俱欢颜"。

日常生活里的作家

　　那是一个夏日的早晨。我从体育馆锻炼身体回家。晨光普照着大地，楼房后面的山尖上还笼着淡淡的薄雾。我走在浓绿的樟树下，抬头看见阳光照在树梢，沾着露水的绿叶清新可人，在阳光里闪烁着白色的光芒。空气如山泉般清凉。就在这时，我看见一个年近六旬的老人慢步朝我跑来。她身材高大，虽然满头银发，却精神矍铄，毫无迟暮之感。我觉得她像一棵老树，虽然历经沧桑，却依然有着绿色的枝叶，充满了生机。

　　她离我越来越近。我看到了她脖子上的一条银项链，我不由咧嘴笑了。如果只是一条银项链倒也没什么稀奇。可是，这条项链有一颗别致的坠子，那是一朵白色的栀子花。那朵花花色纯白，花形雅致。可能是早上她从某棵沾了晨露的树上摘下来的，然后就挂在项链上了。她一直慢慢地向前跑，白色的栀子花也跟随她的步伐有节奏的在她胸前跳跃。

　　在她快要和我擦肩而过的时候，她忽然朝我微微一笑。那笑容如栀子花般优雅，散发着花的芳香。我转过身目送她远去。可爱的老人，我想。我感觉那个早晨变得不同寻常了。

一位银发的老人，一朵清香的栀子花，一条银项链，很平常。但是，当三者结合在一起时，那却是一首浪漫的诗。诗意盎然，韵味悠长。

仍记得今年春天，在街上看到的那一幕。在人行道上，两个大约四十多岁的女人，站在一家商店的门口，旁若无人地戴刚买的新发夹。穿蓝底碎花棉袄的那个女人安静地站在那里，脸上漾着浅浅的笑意，她让那个穿黑棉衣的同伴帮她别发夹。同伴站在阶梯上，偏着头小心而又专注地帮她别发夹。人群如流水般从她们身边流过，汽车从她们面前鸣叫着俶尔远逝，但这一切都无法干扰到她们。现在，好似整个世界就是她们的。

我经过她们的跟前，发现了岁月在她们的脸上留下的印记。每一道印记都诉说着流年里的故事。我还发现两人头上别着一样的发夹——一个蓝白条纹的蝴蝶结。我知道那种发夹就在她们身后的店里出售，廉价又普通。但是，这有什么关系呢？岁月可以改变我们的容颜，却无法改变我们热爱生活的心灵。

可爱的女人，我边走边想。我感觉那条街变得不同寻常了。

平凡的妇女，普通的发夹，毫不起眼。但二者结合在一起就是一篇朴实无华却意味深长的散文。

其实，每一个热爱生活、热爱生命的人都是诗人、散文家。只不过每个人书写的内容各不相同：有的婉约，有的豪放；有的浪漫，有的现实；有的跌宕起伏，有的平淡如水。只不过每个人表达的方式各不相同：有的善用文字表情达意，有的却用自己的日常生活无言地书写。然而这些无字的诗与散文正是生活中最纯的感动。

失恋的女孩

她是小街粉面店老板的女儿，青春靓丽，小巧玲珑，穿着时髦，古灵精怪。她在父母的粉面店对面开了家花店。每天早上八点半，她带着一只白色的哈巴狗来开店门。哈巴狗总是紧跟在她后面，一颤一颤的，特别可爱。看得出她是个快乐的女孩，给花浇水的时候，都是哼着甜蜜的歌，笑意写满了整张脸。一个美丽的女孩，置身在繁花绿叶之中，本身就是一道风景。你看着她就感觉很美好。

小街的夏日午后，总是安静的。天气炎热，少人走。可是，这一天，一声又一声凄厉的哭声响彻了整条街。我甚至看见那哭声上升到那四方的天空，然后被无情的烈日蒸发了。

粉面店老板的女儿——花店的主人——那个二十多岁的女孩儿，放下所有的风度和尊严，坐在街口汪汪大哭。脸上的妆花了，她像一个被人夺走心爱之物的泥孩子一样，委屈地大哭。她的哥哥在路人的注视下默默地把妹妹扶到背上，背着她回家。她伏在哥哥的背上不管不顾地继续痛哭。

一路上，都留下了女孩子伤心地哭喊："为什么？为什么？为什么不要我了？难道我不漂亮么？为什么呀？呜呜呜，呜呜呜……"

哥哥背她进了她的花店。她的妈妈，那个辛苦的粉面店老板娘，跟在身后骂她："你一个女孩子也不害羞，在大街上当着那么多人的面哭。也不怕人家笑话你。他不要你了，有什么了不起的。有必要这样哭么？他都抛弃了你，你还值得为这样一个人哭么？没出息的家伙！"

"妈妈，我爱他呀。我舍不得他呀。呜呜呜，呜呜呜……"听着那哭声，你就知道什么叫撕心裂肺。

"舍得舍不得你们都分手了。你有点骨气好不好？"老板娘训斥女儿，"别哭了，让大家看把戏。"

"妈，你就别骂她了。"女孩的哥哥终于说话了，"她都已经够难受的了。你不安慰她，你也别骂她，好吗？"

整条街响着这些声音。整条街因为这些声音反而格外安静，连路过的行人走路都是小心翼翼的。甚至街口传来的喧闹也远远地退去，汇进了车水马龙里。

一连三天，花店的门都关着。第四天，那个女孩来了，戴着一顶白色的太阳帽，穿着一件白色T恤、蓝色背带牛仔裤。柔柔的头发披散在肩头，在阳光下闪着光。她依然那样美丽，青春，阳光。只是，那双眼睛还有点浮肿。

她异常地安静。安静地把花搬到阳光下，安静地给花浇水，然后安静地坐着。哈巴狗也安静地蜷缩在她的脚边一动不动。

可是怎么办呢？我们总是会在某一天失去自己所喜爱的东西，比如她爱的人，比如我们喜爱的花，比如一个珍惜的朋友……

失踪者

"×××，男，86岁。患有老年痴呆，身高约1.56米，单瘦，身着蓝色中山装，头带黑蓝帽，操邵东口音。于2017年4月11日下午3：20离家出走……"

就像去年站在香樟树上歌唱的小鸟，今年不知所踪；就像它有可能飞过我们的面前，我们却无法认出来。他们是失踪者，存在世界的某个地方。也许是经过我们身边的人，也许是那个静坐在街边的人，但我们无法认出他。从此，我们可能再也找不到他。

去年冬天，一个老人的失踪成为小城的一个谜。他在小城生活了几十年，他熟悉小城就像熟悉自己的掌纹一样，但他却在这里消失不见了。拨打电话无人接听，组织人马去踩山不见踪影，他是一个消失的电波，永远地成为了一个谜。

由此，人们说出另一件被时间淹没的事。六年前，一个去赶集的老人在回家途中失踪。山路上，他的衣服和带的东西都好好地在路边。村子里的人以此为中心展开搜索，无果。他成为了那座山的一个谜。

究竟为什么你们消失不见！难道在我们生存的空间还有另一个空间？就像一栋房子有很多个房间，那些失踪者误入了一个不该进入的禁地？世界太大了，隐匿一个人就像一滴水落进大海。他们是一道难解的题。

"×××，男，22岁，170cm，元月十日下午四时从湘潭市板塘铺走失……"

茫茫森林，茫茫人海，充满了茫茫的谜。未来未知，我们走向它不过是去遇见自己未知的命运。当我们深陷迷途的时候，谁会是我们的摆渡人？他们会不会进入了一个迷宫，最终耗尽体力永远无法回来。在久远的未来，以一具白骨出现在某人面前时，已无人知晓那是谁的骸骨。

失踪者去了哪里？像一粒尘埃落在哪个角落呢？经历的会是什么？

我在晚上八点的街道遇见一个穿粉红色棉衣的女人。昏暗的街灯下，她双手护膝背对着街道坐着，身边放着两个鼓囊囊的袋子，那是她的行李。我走了几步，停下来转身问她，你从哪里来？她像一尊石像纹丝不动，沉默不语。在这条街道，曾经也出现一个女人，寒冷的冬夜，她坐在这烧火，热从垃圾箱里捡来的食物，身边是两个庞大的包裹。白天偶尔会看见她吃力地挑着它们四处走动，像挑着两座小山一样。后来，我再也没有见过她。某年，一个女疯子在六月的天气里，穿着棉袄，躺在这条人行道的树荫下睡觉，斑驳的阳光在她的身上轻轻晃动。她在这个小城呆了十多天后，不知所踪。

她们也许是某个地方的失踪者，像一片树叶被风吹到了这里，像一粒沙子被鸟带到了这里，像一滴雨水落在了这里。而我无从知道那些寻找她的"寻人启事"，会是怎样描述最后见到她们时的样子。流落街头的女人，成为了这个世界的一个谜。

"有谁看到我儿张发旺，自 2017 年 3 月 8 号中午在学校离校，到现在还没回来……"

张发旺，这个名字里包含了父母多少期望。可是，现在随着失踪，这些期望变成了最残酷的惩罚。我们能见到的是照片中的张发旺，像一棵春天的小树苗一样青葱可爱的张发旺：他紧抿着嘴笑着，黑黝黝的大眼睛里盛满了笑意，右手做出一个经典的剪刀手姿势，背后是一条蜿蜒的石板路和青葱的竹林，是他熟悉的地方……

"有谁看到我儿张发旺"。真难过，我没有看到他。

电影《失孤》里，雷泽宽两岁的儿子雷达丢了，他开始了长达十四年的寻子之路，历尽艰辛。在路上，他认识了四岁时被拐的修车小伙曾帅。雷泽宽陪着曾帅去寻找记忆中的那座铁索桥——那座有着妈妈的回忆的铁索桥，却不断失望。曾帅一次又一次地说，不是，不是，不是。他焦虑、狂躁、绝望，因为他惊讶地发现，不仅自己是个失踪者，自己的亲人与家乡也成为失踪者。庆幸的是，在雷泽宽的帮助下，他最终找到了自己的家人。原来当年的铁索桥已经变成了水泥桥。桥边的竹林因为修路，被砍伐干净。妈妈的长辫子已经变成了灰白色的短发。还有谁会为失踪者保留他们失踪前对故乡的最后印记，等候他们归来？

雷泽宽则继续着自己的寻子之路。寻找失踪的儿子成了他这辈子唯一能做的一件事。结局如何？谜！只是那在风中猎猎作响的印着两岁雷达样子的旗帜刺痛了无数人的心。

雷达，你在哪里呢？十四年了，你过得怎么样？

一位诗人如是写到：

我们为雨水开道、为雷电分路，融化北方数百万年的冬季，

放出南风使大地沉寂。我们一吩咐生长，万物就生长。

我们在钢铁里播种意念，用导线牵引地极，

借此窥探硫磺的家乡、死荫的幽谷。

我们现在能把人送到气球般的月亮上去。

但我们依旧找不到她。

我们依旧找不到他们，寻找他们比登月还难，比大海捞针还难，比融化珠穆朗玛峰的冰雪还难，比寻找 UFO 还难……为什么会这样？究竟为什么你们会消失不见，你们在哪里？又在思念着谁？

这一年的春天又快要结束了，旧的树叶落得差不多了，新叶已经占据树枝。我们每天按时起床，去早餐店里吃米粉买包子，然后上学的上学，上班的上班。昨夜落在地上的叶子，清洁工已经在打扫了。车来车往，人来人往，贴在墙壁上、柱子上、贴在微信圈里的寻人启事还有谁在关注？还有谁还会想起启事上那个人的样子？还有谁在关爱那些失踪者，关爱人世间那些伤心人？

徐佳莹深情歌唱：我多想找到你，轻捧你的脸；我会张开我双手抚摸你的背，请让我拥有你失去的时间……

可是诗人却写到：

我们多么害怕我们将要找到她……

睡来谁共午瓯茶

那天,我下班回家,经过桂花树下,院子里的打牌的老人们用手指着桂花树下的一个老人家说:"那个人找你的阿公。"

在我所住的单元楼梯口,有一个矮小瘦弱的身影。他背着一个发黄的军用挎包,头戴一顶发黄的军帽,穿一件灰色的中山装上衣、深蓝色的裤子、发黄的解放鞋。他这身打扮与我们的时代格格不入。我走上前一看,发现他是我阿公的老师。

"黄老师,您好!"

他见到我,开心地说:"你父亲在家吗?我今天是特意来看我的老学生呢,呵呵呵。"

"他可能外出了,我打个电话给他。我们到屋里等他吧。"

"我还是在这里等他吧。这里的桂花好香咧。我的家门口也有一棵桂花树,是我爱人栽的。"他看着头顶的那棵桂花树。阳光照在墨绿的叶片上闪闪发光。我看见他瘦削的脸上漾着一丝温柔。"唉——。"他叹口气,回头对我说:"可惜我爱人今年正月去世了。"

我扶着他在桂花树下的石凳上坐下。他颤颤巍巍地从黄挎包里找出两张陈旧的纸来，对我说："这是我写的一首古体诗，纪念我的妻子的。"

两张纸上写满了字，有几处字迹模糊，想来是老先生书写时情不能自禁，潸然落泪，泪溅纸上吧。他一字一句念给我听，情绪越来越激动，眼泪一直在他眼眶打转。这诗文字字句句饱含思念的血泪。诗的大意是：晚上，他与孤灯相伴，坐在床边抚摸着空床默默落泪，忆起和妻子相濡以沫、相扶相携几十年的艰难岁月，悲从中来。一股生死两茫茫、无处话凄凉的悲痛涌上我心头。我看着那些悲伤的文字，认真地听他念。我的眼睛湿润了。这个瘦小的老先生，身体蕴藏着巨大的感情漩涡。

他把那两张纸折叠好，小心翼翼地放进包里，说："我今年八十岁，趁我现在还走得动，想去看看我的老同学、老朋友和我的老学生啦。但是啊，"他又从包里拿出一张皱巴巴的纸，他边打开边说，"这上面的很多人，已经走啦——，我再也见不到他们了。有的电话号码再也打不通咯。"那是一张写满了人名和电话号码的纸。他指着上面的几个人名："这个，这个，这个，还有这个……去年都走咯。"他停了一下，说："我要是早点去看他们，也许就……"他抬手抹了抹眼睛，笑着说："唉，人老了，是该去那边咯，呵呵呵。"他咧嘴笑时，露出没有牙齿的牙床。阵阵酸楚涌上我的心头。

我想起前几天读曹丕的《与吴质书》："昔年疾疫，亲故多离其灾。徐陈应刘，一时俱逝，痛可言邪？昔日游处，行则连舆，止则接席；何曾须臾相失。每至觞酌流行，丝竹并奏，酒酣耳热，仰而赋诗。当此之时，忽然不自知乐也。谓百年已分，可长共相保；何图数年之间，零落略尽，言之伤心！顷撰其遗文，都为一集。观其姓名，已为鬼录。追思昔游，犹在心目。而此诸子，化为粪壤，可复道哉！"

这是多么沉痛的文字：忆往昔，与朋友们游山玩水，形影相随，其乐融融；看今朝，老友们其名已为鬼录，其身化为粪壤，自己却形单影只，茕茕孑立，怎不伤心。就连我读着那文字，眼泪就湿了眼眶，悲从中来，很是同情这个逼着自己的弟弟作《七步诗》的帝王。在写作此文的那一刻，他卸去了帝王的光环，只是一个普通的暮年老者。他独自在一盏孤灯里，回忆往昔青葱的岁月，他应该是悲喜交加吧。在他那青葱岁月里，他曾经也只是一个和我们一样的年轻人啊，和朋友一起游山玩水、一起欢笑、一起悲伤过的年轻人啊。可是，暮年，当身边的朋友一个个去世，天人两隔时，帝王之位也掩盖不了内心的孤独和老来的凄凉。纵然葡萄美酒夜光杯，谁知老感流年独伤悲。

就像现在，这位老先生虽然儿孙满堂，却怎么也弥补不了爱人去世后留下的空白和孤寂。

那天，当阿公出现在我们的视野时，两位老人疾步上前，奔向彼此。当两双手紧紧握在一起，两张沧桑的脸像两朵开在秋天里的菊花。我看着这场景笑了，可是眼里却溢出泪花！今日的聚意味着下一刻的散，今日一别也许可能就是永远。这欢笑的背后有几多的凄楚啊。

晚年的陆游，幽居湖山之间，水田上白鹭旋，草深处有蛙鸣，有花有树，幽静美丽，充满活力。然而，某日先生一杯在手，忽想起往日旧友竟零落殆尽，无人和自己品茗谈心，共享湖山之乐，这美景竟变得残酷。寂寞像一把刀刺向心头，诗人不由发出"叹息老来交旧尽，睡来谁共午瓯茶"这样的悲叹。这位老先生应该也有这样的感受吧。

洒满秋阳的小院，树影婆娑。桂花似乎是一夜开放的，浓郁的花香充满了整个院子。树下，几个老人在打麻将。在我眼里，这是浪漫的晚年情景。所以每次和朋友们闲话家常时，我常常说，孩子们长大了他们忙他们的去。等我们老了，我们一起作伴。秋天里，也像我们院子里的那些退休的老人家一样，在一棵芳香四溢的桂花树下晒太阳，打麻将，一个都不能少哦。朋友们听了，乐呵呵地说，要得，要得。说这话的时候，"年老"二字离我们还好远。可是，曾经坐在这桂花树下打麻将的老人已经走了几个,不再回来了。当我看着这位老先生,我忽然觉得我们设想的晚年,存在着很多不可预测的变数。某天,"叹息老来交旧尽,睡来谁共午瓯茶"这样寂寞的心情,我们也将一一体会。

趁现在,我们有时间,还能四处走动,去看看我们想见的人吧!

满枝的桂花,不久就要落了。

听说雪要来

听说雪要来。

先是办公室的小朱端着手机看一周天气预报告诉我，这个星期要降温了。会下雪。然后是打开微信圈时，看到听雨发的一张截图。那张截图是会同一周的天气预报，她在星期五那天的天气预报信息里，画了一个大大的圈。圈住的是这样的内容：雨夹雪；3°／-2°；星期五。她写到：只一眼，便又有了期待；不管是不是忽悠，我且信了。

这一天，我们高三刚好是期末考试最后一天，天气到下午却变得暖和了，哪里还有雪的半点踪迹！想来，听雨又该失望了。

除了那些无家可归的流浪汉们，似乎每个人对雪都抱有天生的好感。一夜一天之间大地一片洁白，复杂变得简单，喧嚣隐去了踪迹。花花绿绿的世界像一个卸了妆、脱下华服换上棉质素衣的女子。而忙碌的人们也可以安安心心围炉叙话小饮一杯。

"晚来天欲雪，能饮一杯无？"天还没有下雪，白居易就已经约老朋友小酌了。这也是盼雪的最好理由吧。雪，没有给人带来寒冷，带来的是温暖如春的诗意和温馨炽热的情谊。很多美好都是和雪相关的吧。

今天，是1月22日星期五。雪没有来，连细雨都不下了。早上湿漉漉的地面都风干了，天空中布满了乳黄色的云，没有风雪来时的阴沉与昏暗。学校因为连日来的暴风雪橙色警报，暂停上课。高三的学生也因为这个而暂时放几天假。大家像摆地摊的商贩一样，听说城管来了，抢过顾客手中的商品，说，我不卖了，城管来了。然后卷起东西慌慌张张地跑了。

雪来了，有那么可怕么？

和我们小时候相比，现在这样子根本算不了冬天。真正的冬天雪未来之前，屋檐上已经挂了一溜儿锥形的长短粗细不一的冰挂，晶莹剔透，像水晶帘一样。你捏根木棒，一路敲打过去，一些清脆的音符就伸展腰肢，舞起来了。

再看看池塘和蓄水的田里，你砸一块石头，石头在水面上蹦呢。结冰了，厚厚的冰。等着大雪来呢。可是，现在，你抬头看看屋檐下，没有冰挂。雪也日渐地少了，有几年已经没有雪了。

读小学的我们在风雪来的时候，依然端端正正地坐在教室里读书。那糊窗口的纸，不知道被谁捅破了一个洞，被谁撕裂了一个口子，北风正往里灌呢。但我们还是坐在教室里读书。手指冻得像胡萝卜一样，我们都不在乎。我们从来没想过下雪就应该停课。

在微信群里读到一篇文章《雨雪未到，所有人吓倒了！中国孩子怎样挑战未来，面对敌国入侵？》："一股强冷空气的到来，影响了无数的人群！微信上发的到处都是宣传恶劣天气的内容，新闻媒体对此次的雨雪更加'狂轰滥炸'，教育部门也发出了停课公告。所有的通知和报导给家长和孩子的感觉是风雪太可怕了。今天下午，所有学校提前放假避寒，学生纷纷回家。但从未有过一个媒体、一个部门通过这次的雨雪天气给孩子一次正面的精神教育。"而在这篇文章的下面，附着几张中日两国孩子的日常生活对比。中国孩子的日常生活不用我描绘，人人皆知。而日本那些五六岁的孩子，却在冰天雪地里，赤裸着上身做操。中国孩子将怎样挑战未来，面对可能的敌国入侵？

听说雪要来，我们真的未免太慌张了！

回家经过院子里的操场边，在空荡荡的操场上，看见一群灰褐色的麻雀。小小的它们叫得异常热闹，一会聚在一起，一会飞到树上，一会飞到远处。这寒冷的天气并未击退它们。它们冒着寒冷觅食或者运动。麻雀们说："听说雪要来，难道生活就不要继续了？"

总之，感谢还未来的雪，我因为它终于得以休息几天。连日的工作，已经让我异常疲惫。我终于可以睡到自然醒，终于不用在冰冷的早晨起来，打着手电筒，穿越那黑乎乎的小巷，去跟早操上早自习。

听说雪要来……

寻找诗意的世界

　　微信上有人加我，是我的学生艳娇。我看她的朋友圈，竟然惊讶地发现，她会画画，竟然还画得很美。一枝粉嫩的花，在纸上鲜活地开着；一朵绿色的多肉就好像放在那张白纸上……记忆中，她是没有学过美术的，她是怎么做到的？

　　"什么时候学画的？"

　　"十月份开始的。自学。八九月份那段时间比较迷茫，回想了很多东西，感觉很多事明明很好，可惜就是永远无法坚持。然后我就想了下，什么事情最能引起我的兴趣呢，那就是画画。我从小特别喜欢画画，但是家里没怎么有钱，所以没学过。我在画画的过程中收获很多。"

　　至于收获了什么，她没有说。但我猜，那应该是心找到了方向，不再迷茫了吧。我似乎可以想见她画画的情景：那时候，室外的喧嚣都离她而去，她坐在桌边，专心地描着画着。时光静好。

　　"打算怎么做？画画会坚持下去吗？"

　　"画画吗？那是一辈子的事。"

青青是小城书法圈里颇有名气的美女书法家。四年前，她给自己定下一个目标："希望在十年内我的作品有机会在北京的展厅内展出。"让她没想到的是，这个梦想提前了四年。在今年的十一月份，她的作品入选国展。她说自己有努力，更要感谢教导自己的老师们。她对自己的女儿说："小不点，你可以为我骄傲了。"

人们只看到她成功的光华，却不知道，她写十米长的金刚经文，花了几个月的时间。然而，对于一个热爱书法的人来说，是乐在其中的，是享受，那才是一种理想的生活。临钟繇的《贺捷表》时，她是这样的感觉：感觉自己穿越了，原帖的高古气息扑面而来。每次临写经典帖的时候，不同的阶段就有不同的体会。《贺捷表》甚是好看，心情都好了。因为，钟繇当时在写的时候，心情开心到似乎笔都在飞。我也可以想像她在临《贺捷表》的时候，心情飞扬，如春风拂过长满野花的草原。

出于对文字的喜爱，我总会在结束一天疲惫的工作，或在工作的间隙，坐着电脑前，敲打出一行行文字，一篇篇文章。于是，疲惫得以消解，心灵得到释放，世间的烦恼都烟消云散，一束明亮的光擦亮了我蒙尘的眼睛。一个热爱文学的小姑娘说，如果我想写，我才不管当时正在做什么，我一定要把那些话都写下来了才罢休。我欣赏她，这是一种极有活力的生活，也是一种无法言说的理想的生活。

所谓理想的生活，各人有各人的想法。于我们，就是和喜欢的事物煎熬、厮守、自得其乐，永不放弃。

有人说，一个人仅有此生此世是不够的，他很平静很荒凉，还应该有一个更丰富、更丰盈的诗意的世界，我仅仅是在努力寻找自己诗意的世界。

在这个喧嚣的时代，匆忙、疲倦、利益、争斗，似乎成了时代的标签。我们年少时树立的梦想，在渐渐成长的过程中，像一根被榨汁的甘蔗，只留下一些残渣。然而即使是这些残渣，也会在某个瞬间，被抛弃，混进尘埃中，消失不见。我们像一个空心人，内心荒芜一片。在寂寞的夜晚，回忆人生时，发现自己除了皱纹和增长的年龄，什么都没有了。

所以，在努力的年纪，不要放弃努力；在梦想的年纪，要坚守着梦想；我们才有可能找到诗意的生活，才能在晚年里有丰盛的回忆，才能对得住这一生一次的一辈子。

因为，对于我们来说，可怕的不是死亡，而是你从未真正活过。

小城之夏

此时正是小城之夏。

清晨,大街小巷的人们到体育馆去了,到粟裕公园去了。跑步,打太极,舞剑,登山,各有各的活动。七点多钟,太阳刺破晨雾,把金色的光芒撒在山头、屋顶时,他们就从里头涌出来,四散开去。

街上早就热闹起来。新鲜的蔬菜、水果从周边的乡镇赶到了小城:碧绿的西瓜和金色的香瓜凑在一起;晶晶亮的西红柿和长长短短的豆角、红红的辣椒、碧绿绿的小萝卜菜挤在一块;有的西瓜裂开了,空气里就弥漫着西瓜清凉的甜味;香瓜则用它袅袅的香气引诱你,闻着就想咬一口;辣椒的气味使得阳光更火辣。

你经过那一路,说着不同方言的人纷纷向你推荐他们的东西。

"老板,买西瓜吗?我的西瓜好吃勒。"他用指关节敲敲西瓜,咚咚咚。"你听这声音,不红不要钱。"

"洒溪井水——。"卖井水的也来了。你听着这声音,仿佛看到一个人扯着青筋突起的脖子在喊叫。

"妹陀，买几个香瓜吃，这是今年的新品种，又香又甜。你看看。"

"豆腐脑——，豆腐脑——。"那个卖豆腐脑的白白胖胖的女人挑着担子来了。

"妹，买西红柿吗？美容养颜。可以炒来吃，也可以凉拌吃。切成片，拌上白糖，很好吃的。"

"香——甜——马打滚，味道——好——得很。"这是卖马打滚的吆喝声：慢条斯理，抑扬顿挫，像唱歌一样；唱到"好得很"时格外用力。

各种气味和声音混在一起，让人晕眩。你有时应付不过来，而手上也多了几样东西了。

走了一路，也该吃早餐了。随便走进一间临街的粉面店，里面就有你想吃的早点：小笼包、蒸饺、稀饭、油条、米粉……其中米粉是特色小吃。每一个离开小城去了别处的人，就会说："唉，我好想吃一碗会同的米粉。"或者说："回到会同，我第一件事就是要去吃一碗米粉。"一碗米粉，多少诱惑，几多乡情！

各家的米粉味道各不相同，各家的臊子形式多样味道各异：瘦肉、牛肉、羊肉、木耳、香干；根据各人喜好，有辣的和清淡的。那油呛辣子各家有各家的制作秘方和独特的味道，但看上去都是红红的，油油的，泛着光，透着香。米粉装盘了，舀一勺臊子放上面，再在上面撒点葱花姜末、油呛辣子，顺手倒一圈酱油。你瞧，米粉白，葱花绿，姜末黄，辣椒红，色香味俱全。搅动米粉，葱花、姜味、臊子、汤的香气混在一起，四溢开去。还未吃，你的口水就先流出来了。

吃了早饭，该干嘛干嘛去。上班的上班去，出摊的出摊去，逛街的逛街去，你要是什么都不想干，你闲着也没人有意见。

太阳慢慢地移，时间也就到下午了。女人们拎着小包，穿着小巧精致的高跟鞋，挽着朋友的手臂，逛街去。风吹着她们的裙，衣袂飘飘，婀娜多姿。有的手里拿着小吃，和同伴说着什么，手舞足蹈的，一会皱

193

眉，一会又眉开眼笑，然后又咬一口手中的小吃。

她们逛一家家服装店，试穿一件件美丽的衣裳，就打发了一个下午。累了坐在冷饮店，吹着凉风，点份冷饮，透过玻璃看街景：穿着花裙子打着小花伞的少妇们，像蝴蝶一样飘来移去；各种车子在那滚烫的街上像飞鸟般穿梭；附近的商店播放着或劲爆或温婉的歌；一团一团的树影落在地面，随风摇曳……人生中，有些时光就是用来这样浪费的。

当夕阳落在屋顶上时，四处阴了下来，热气却还蒸腾着。大家便各自回家做晚饭。

傍晚六点钟，一家人又从家里出来了，老人们摇着蒲扇，年轻的父母们带着小孩，小孩子则蹦跳着往前跑。街上几多热闹。车辆滴滴地叫。街边的饮食店里，有的还在忙碌，抽油烟机呼呼地转动，菜勺撞击铁锅哐哐作响，可见隐隐的火光。菜香溜到街上，惹得路人打着喷嚏。

爱跳舞的，去广场上去。那里响起了震天的舞曲，广场舞马上开始。几多欢快。

爱书法的，去书法练字室去。唤几个道友，切磋切磋，点评，鉴赏，交流心得。几多舒心。

爱文学的，去茶庄听讲座去了。推开那扇古朴的门，一股茶香就飘来迎接你了。就坐，品茶，听老师讲文学创作，受益匪浅。有时会在那里遇上摄影爱好者，欣赏他们拍的相片，从中感受祖国大好河山之壮美，自然万物之灵气。几多惬意。

夜色越来越浓，挤在门外，偷窥着人们快乐的笑脸，一脸羡慕。当茶喝得差不多了，大家各自回家去。

就这样，小城的人们又过了一日，一天天又过了一夏，一月月就过了一年了。

小街

　　这是小城里很普通的一条小街，两边店铺林立，各种商品应有尽有。人行道上排着一溜菜篮子和一些卖小吃的摊子。这里人来人往，很热闹。

　　小街旁一个哑巴在卖菜。

　　他朝行人大声地喊："呃，呃，呃……"声音极洪亮。当他看到行人偏头看他时，他就咧嘴笑了，指着他面前的菜一遍一遍竖起大拇指，"呃呃呃"地喊。意思是，看看我的菜，多好啊！

　　看到有人看着自己不走，他就把竖起的拇指朝右边横放，指着旁边一个老头的菜，斜睨着眼，撇撇嘴，摇摇头，不屑一顾的样子。然后又笑嘻嘻地指着自己的菜，竖起大拇指，"呃呃呃"地喊。意思是那个人的菜不好，我的菜最好了，来买我的菜呀。

　　路人说，唉，这哑巴卖菜真麻烦。你和他说，他听不到，你问他价钱他又说不清。

　　不过，我发现，他除了时不时地对着自己的菜竖起大拇指外，还不断地伸出手指，出示三个或者四个手指头。我猜那大概是菜的价钱了。

一个四十岁的女人问哑巴:"哑巴,你这菜多少钱一斤啊?"

哑巴笑嘻嘻地伸出三个手指头。

"三块呀?"女人问,哑巴笑嘻嘻地使劲点头。

"少一点好不咯?两块,卖不卖?"那女人伸出两个手指头大声问。

哑巴嘴巴一噘,脸偏向一边,不高兴地摇头喊到:"呃——呃呃,呃——呃呃。"第一个"呃"是四声,后面两个"呃"发一声,并伴随着频繁的摇头。

"哟,哑巴,你菜卖得好贵的呢。"

这时一个三十多岁衣着光鲜、身材丰满的主妇走过来,对大伙说:"哑巴卖菜也挺可怜的。跟他买点菜吧。"她提高声音喊:"哑巴呃,你菜能不能少点哦?两块五,好不好?"她伸出两个手指头,然后又伸出五个手指头撮在一起。

哑巴偏着头想了一下,眉开眼笑了。

主妇把选好的菜放在哑巴的秤上。哑巴动作娴熟地称好菜,然后,左手紧紧地捏着秤砣的绳子,右手指着秤上面的星子叫主妇看。

主妇笑了,说:"我不认得秤呢,呵呵呵。"

旁边的一个男人听见了走近去看秤,告诉主妇是一斤半。他对哑巴大声地说:"是一斤半,对吗?一斤半。"他重复一遍,又打手势给哑巴看。

主妇说:"一共三块七毛五,就算三块八。哑巴,对吗?"她伸出手指告诉哑巴菜钱。可是,哑巴不高兴了。他呜里哇啦地喊,还直摇头。

"真的是这么多钱啊。没有骗你呢。"主妇笑着说,"干脆,算四块钱,你找我一块。"她递过去五块钱。可是哑巴不接。

刚才那个看称的男人本来已经走了几步了,又调转身回来。再次告诉哑巴真的没有错。可是哑巴依然指着秤,噘着嘴,不高兴。

那男人又把眼睛凑到秤上看,然后说:"好像,是一斤六两呢。"哑巴笑了，脸上的每一道褶皱都笑了，他这才把菜装在袋子里递给主妇，然后接过钱。

"找一块。"主妇竖起一根手指。哑巴笑眯眯地点头。

哈哈哈，大家被哑巴逗乐了。

买菜的走了，围观的人也跟着走了。哑巴蹲在地上，小心地整理着篮子里的菜：红菜苔捆得整整齐齐地，洁净，鲜嫩，静静地躺在菜篮子里。

一把韧草

我住的这栋楼房一楼是柴房。很多人家把柴房租给了进城守孩子读书的乡下人。因为房租便宜，一个月一百八，矮小狭窄的柴房里几乎没有空闲，全部住满了租客。

柴房矮小，两扇窄窄的窗，光线也不充足。一到春天发水的时候，水泥地上湿漉漉的，墙壁湿漉漉的，天花板湿漉漉的，被子也湿漉漉的。开大太阳了，凡是可以晒棉席的地方就都晒满了棉席，很壮观，像被子开会一样。

阳光明媚的午后，等孩子都吃了中饭，那些带孩子读书的老人家常凑在一块拉拉家常。

"唉，以前叫我给他们带孩子，生活费也不寄，寄得几个钱来，还以为是我用了。要不是我每天出去捡垃圾卖，生活都开不下去了。现在，我那孙子大了，也不出去找钱，还找我要钱……"说话的这个老人是这城市里的拾荒者之一，靠着一双手从垃圾箱里掏自己的生活。她大概七十岁左右，是住在这柴房最久的一个。2005年，她带孙子读初中住进那间不足五平米的柴房后，就一直没有离开过这里。她靠每天出去翻垃圾箱掏一些废品卖过日子。

很多次，我都会在街上遇见她，有时见她挑着担子眼睛四处转，寻觅有用的废品；有时见她站在一个垃圾箱前，伸长脖子，拿铁钳往里面掏东西；有时见她直接伸手进垃圾箱里捡东西，手上都没有戴手套。偶尔，她抬头见到我，就会站住，微笑着和我打招呼，那笑里有一股讨好的味道。在乡下，每家每户的神龛上贴着一张主板，上面写着"天地国亲师位"。父亲说："写这几个字得端端正正地坐着写，以示恭敬。"在她的眼中，我们是供奉在神龛上令人尊敬的"师"。

"老师，上班去了哦。"

"嗯，上班去。"

"我出来捡捡废品，闲着也是闲着。"她嘴角挂着一丝笑，喃喃地说。

"蛮好。"我不知道该怎么回答她，"吃早饭了吗？"

"还没有呢。不饿。等会回去吃。"她灰白的稀疏的头发显得凌乱，额头上挂着细密的汗珠，长满褐色斑点的脸上尽是沟沟壑壑，而一双手的褶皱里填满了黑色的污泥。她挑着担子走向下一个垃圾桶。

某一年的冬天，下了一场很大的雪。在雪还没有融化的时候，我在紫荆树下遇见了她。她头上缠着一圈纱布，纱布已经泛黄，在额头上的那处纱布，有一块棕褐色的印记。她肩挑扁担，扁担上挂着两个空空的蛇皮袋；她右手拄着拐杖，小心翼翼地挪着步子。以前，我从未见她拄着拐杖走路的。

"怎么了，老人家？"

她依旧笑着说："哎哟，老了，不中用了。下雪天走路不小心摔了一跤，撞到头了。我都在家里躺了几天了，不敢动。一动就头晕。连煮个面条都做不到。"那时候，她的孙子已经外出打工，就她一个人住在柴房里。也没个人照顾她，也不知道这几天她怎么过来的。

"你怎么不去医院呀？"

"住院要花好多钱。没事的，现在好多了。"

"头还痛吗？"

"还有点痛，不要紧的。这几天躺在床上人都是慌的。今天，可以起来了，我也去碰碰运气。"

"路滑，还是别去了。"

"没事的，我慢点走就是了。"她拄着一根木棒，小心翼翼地往前挪。

我们常常哀叹工作辛苦，生活不易，人生失意。和她相比，是不是倍感羞愧？她是一把韧性十足的草；在一块贫瘠的土地生长，却依然坚强地乐观地生活，自食其力，自谋出路；不求人不叫苦，不怨天不恨地，一天一天扎扎实实地过。她从来都没有想过要求得别人的可怜和同情，包括自己的孩子。她仅凭一双手就支撑起她的世界。

豁达，开阔，内心强大，这世间伟大的母亲和奶奶！

后记

这本十余万字的散文集《细香》是我出的第一本书。之所以把书名定为"细香",一是,它是我最最亲爱的奶奶的名字,我想以此书纪念这世间最好的奶奶;二是,它收集了我这么多年来断断续续写下的散文,那些走过的路、遇见的人、尝过的美食、赏过的风景、流转的风物散发出丝丝缕缕的香气被我一一捕捉,以文字的方式留存下来。在年年岁岁日日夜夜分分秒秒中飞逝的时光里,这也是一个热爱文字的人和她所经过的岁月再次重逢的方式。它写下了我的热爱与悲悯、向往与留恋。

书稿完成后决定写后记的这一天,我恰好和学生讲王国维的《人间词话》。其中一则讲到人生的三种境界:第一境界"昨夜西风凋碧树。独上高楼,望尽天涯路",第二境界"衣带渐宽终不悔,为伊消得人憔悴",第三境界"众里寻他千百度。蓦然回首,那人却在灯火阑珊处"。我忽然对此很有感触,这何尝不是写作的三重境界呢,我也曾有过这样相似的经历啊。

面对写作,我曾经迷茫过,甚至想要放弃。但是最终在师友们的鼓励、帮助和指导下，我又重新拿起笔，不问结果地写写写。当别人在逛街、聊天、娱乐的时候，我在阅读、学习、写作，坚定地朝着这条文学的大道前行。虽不能至，心向往之。

于是，我也终于感受到了"众里寻他千百度。蓦然回首，那人却在灯火阑珊处"的欣喜，得到了不经意的收获。但是，我知道，那绝对不是"不经意的收获"。那是在足够的积累、学习、思考、练习后所获得的成果。梭罗在《瓦尔登湖》里说：如果一个人充满自信地在他的梦想的方向上前进，并努力过着他所想像到的那种生活，那么他就会遇见在普通的时刻里意料不到的成功。比如，现在我竟然终于有了我自己的第一本散文集。

汪曾祺先生说："我有一桩好，平生不整人。写作颇勤快，人间送小温。"我现在并不知道自己在这条文学路上能走多远，也不知道将来能取得怎样的成绩，我只知道我还要继续学习，努力写作，去寻找那一方心灵的山水；也在想，要为这人间送小温。